KB121132

로크미디어가
유혹하는
재미있는 세상

이것이 법이다

이것이 법이다 148

2022년 11월 4일 초판 1쇄 인쇄
2022년 11월 9일 초판 1쇄 발행

지은이 자카예프
발행인 김정수 강준규

기획 이기헌 왕소현 박경무 강민구 조익현
책임편집 최전경
마케팅지원 이원선

발행처 (주)로크미디어
출판등록 2003년 3월 24일
주소 서울시 마포구 마포대로 45 일진빌딩 6층
Tel (02)3273-5135 Fax (02)3273-5134
홈페이지 rokmedia.com **E-mail** rokmedia@empas.com

ⓒ 자카예프, 2015

값 9,000원

ISBN 979-11-354-7362-3 (148권)
ISBN 979-11-255-9575-5 04810 (세트)

이것이 법이다

148

자카예프 장편소설

ROK
MEDIA
로크미디어

CONTENTS

메이우와 위란이 잡히기가 무섭게 경찰서에 찾아온 사람들이 있었다.

"오랜만에 뵙는군요, 아버님."

"너 같은 놈에게 아버지라고 불릴 일은 없다."

"네, 아저씨."

노형진은 자신을 무섭게 노려보는 법무 법인 태양의 손하균을 보면서 싱글벙글 웃었다.

손하균은 그런 노형진을 때려죽이고 싶은 눈치였지만 그래도 꾹 참는 듯했다.

하긴, 그럴 만하기는 하다.

다른 사람도 아니고 노형진이다.

그에게 창피를 주고 결국 이혼까지 시킨 사람.

딸을 빼앗고 회사까지 망가트린 사람.

물론 회사가 망가졌다고 할 정도는 아니지만 과거처럼 최고의 자리에 있지는 못했다. 노형진에게 졌다는 이유 하나만으로 많은 사람들이 거래하던 회사를 태양에서 새론으로 바꿨기 때문이다.

사실 그것보다는 정권이 바뀌면서 전 정권과 친했던 태양과 거리를 두려는 마음이 더 강했지만 말이다.

하지만 손하균에게는 누군가 탓할 사람이 필요했고, 그게 바로 노형진이었다.

"그나저나 아저씨가 여기까지 어쩐 일인가요?"

"변호사가 경찰서에 오는 게 이상한 일인가?"

"이상한 일이죠. 마지막으로 경찰서에 오신 게 몇 년 전이에요? 10년? 20년?"

일반 변호사라면 이해라도 한다. 새론처럼 순번을 돌아가면서 경찰서에서 사건을 수임하는 것도 아니다.

'다른 사람도 아닌 손하균이 직접 온다고? 말도 안 되는 소리.'

손하균쯤 되면 일반 검사도 급이 안 맞는다는 이유로 안 만나 주는 사람이다. 그를 만나기 위해서는 판검사도 최소 부장급은 되어야 한다.

그런데 그런 손하균이 경찰서에 직접 찾아온다?

"누구 담당이에요? 아니다. 메이우랑 위란이겠네요."

"할 말 없다."

"네, 들어가세요."

손하균은 바보가 아니었다. 말을 할수록 노형진에게 말려든다는 걸 아는 그는 입을 꾸욱 다물고 안으로 들어갔다.

노형진도 그런 손하균을 잡지 않았다.

"이거 곤란해지네."

경찰서 안으로 들어가는 손하균을 보며 노형진은 입맛을 다셨다. 그런 노형진에게 오광훈이 다가왔다.

"뭐가 곤란해?"

"손하균이 왔잖아. 어떻게 해서든 메이우하고 위란을 풀어 주겠다는 거지."

"아니, 그게 가능해?"

"가능하지. 다른 사람도 아닌 손하균이잖아. 그가 가진 정치적인 힘이 얼마나 되겠어?"

노형진은 코웃음을 치며 말했다.

"하물며 그런 사람이 직접 경찰서까지 왔어. 이게 무슨 소리겠어?"

손하균쯤 되면 사건 수임을 잘 하지도 않을뿐더러 설사 한다고 해도 직접 재판에 참석하기보다는 그냥 전화 한 통으로 모든 걸 해결한다.

농담 같지만 한국 법의 현실이 그렇다.

강간 살인 사건에서도 그 사건을 담당하는 판사에게 그가 3년이라고 오더를 내리면 담당 판사는 그에 따라 3년 형을 내리는 게 한국 법의 현실이다.

그래야 그 판사가 추후 대형 법인에 들어갈 수 있으니까.

그가 불편하다고 헛기침이라도 하면 판사에서 자르고 변호사 업계에서 말려 죽이는 건 일도 아니다.

"경찰서는커녕 재판정에도 나가지 않는 사람이 경찰서까지 왔어. 그것도 이 시간에 말이야."

힐끔 시계를 확인하는 노형진.

아침 7시 20분. 출근 시간은커녕 이제야 일어났을 시간이다.

하지만 그는 깔끔하게 차려입고 나타났다.

"그 말은, 사건을 의뢰한 사람이 그도 눈치를 봐야 하는 사람이라는 거지."

"쯧쯧."

노형진의 판단에 오광훈은 혀를 끌끌 찼다.

"왜 그래?"

"아니, 저 인간도 참 고생이다 싶네. 너랑 엮이지 않으려고 말도 제대로 하지 않고 안으로 들어갔는데 그 존재만으로 다 걸려드니."

오광훈의 말에 노형진은 피식하고 웃었다.

확실히 그렇다. 때때로는 존재 자체가 증거가 되기도 한다, 바로 지금처럼.

"한 가지 더 알려 줄까?"

"뭔데?"

"메이우하고 위란, 살인범 맞아."

"응? 뜬금없이 뭔 소리야?"

노형진의 말에 오광훈은 고개를 갸웃하면서 물었다. 갑자기 살인범이 맞다니?

"애초에 이 사건이 왜 시작되었는지 알지?"

"알지."

아동 연쇄살인을 조사하다가 여기까지 온 거 아닌가?

"그런데 지금 메이우와 위란의 혐의는 뭐야?"

"뭐긴 뭐야? 아, 그러네. 살인이 아니라 재물 손괴구나."

노형진은 그 말에 고개를 끄덕거렸다.

오광훈이 방금 말한 것처럼 두 사람의 죄는 재물 손괴다. 애석하게도 살인은 의심만 할 뿐이지 증거도, 증인도 없다.

"그런데 고작 재물 손괴로 과연 태양과 손하균이 움직일까?"

"아!"

당연히 그 정도는 아니다.

물론 재물 손괴야 법적인 처벌 대상이기는 하지만 그렇다고 해서 어려운 사건인 것은 아니다.

"더군다나 메이우와 위란은 부자야. 그들이 부수고 나간 우리 차? 솔직히 말해서 그 애들이 버리고 가려고 했던 차량의 범퍼보다도 쌀걸."

막아선 차를 밀어 버리느라고 범퍼와 보닛이 박살 난 차량은 슈퍼 카고, 가로막았던 차량은 폐차 직전이었다.

농담이 아니라, 진짜로 그걸 팔아도 슈퍼 카의 범퍼도 못 산다.

"당연히 돈으로 충분히 틀어막을 수 있는 상황이라는 거지."

주인이 누군지 모르지만 메이우와 위란의 재력이라면 차량 수리비가 아니라 수억짜리 수입 차 하나 사 주고 합의해도 될 정도다.

"그런데 우리 차량의 주인에 대해 누구도 조사했다거나 연락이 왔다는 소리가 없었거든."

누군가 조사를 통해 합의하기 위해 연락했다면 이해라도 하겠는데 그런 징후도 없었다. 애초에 명목상의 차량 주인도 부자는 아니다.

"차량도 거의 가치가 없고 충분히 합의로 끝낼 수 있는 상황이야. 그런데 태양? 그것도 손하균? 소 잡는 칼로 닭을 잡는 정도가 아니라 손하균 정도면 드래곤 슬레이어쯤 될걸."

그런데 그런 사람을 고작 고물 차량의 재물 손괴로 고용할 이유가 없다.

"그러면 그 말은……?"

"그들이 감추고 싶은 뭔가가 있다는 말이지."

노형진의 말에 오광훈의 얼굴은 딱딱하게 굳었다.

이 순간 그럴 만한 건 하나밖에 생각이 나지 않았으니까.

"그러니까 그게…… 살인이라는 거네?"

"맞아. 그리고 그걸로 한 가지 가설이 성립되지."

"어떤 가설?"

"주변에서는 살인에 대해 알고 있었다."

"……."

틀린 말이 아니다. 그걸 몰랐다면 이렇게 예민하게 반응할
이유가 전혀 없다.

"이런 씨발……."

"아마 태양과 손하균은 이번 사건의 불똥이 다른 사건으로
튀는 걸 막으려는 걸 거야."

그리고 그 방법은 뻔했다.

"아마 철저하게 사건의 포인트를 재물 손괴에 맞춰서 조사
시키겠지."

물론 그게 틀린 말은 아니다.

여기가 일본도 아니고, 일단 잡아 와서 다른 죄를 추궁하
는 것은 불법이니까.

"뭐야? 그러면 우리는 할 수 있는 게 없다는 거야?"

"아마도."

분명 긴급체포 시간이 지나면 풀려날 테고, 구속 영장은

절대 나오지 않을 거다.

"그러면 어쩌려고? 아니, 살인마 새끼를 그냥 풀어 줘?"

"그럴 생각은 없고."

노형진은 경찰서 내부로 우르르 들어가는 변호사 군단을 보면서 차분하게 말했다.

"당연히 잡아야지."

그리고 이미 그 방법은 그의 머릿속에 있었다.

김정기는 미칠 것 같았다. 눈앞에 살인마로 의심되는 놈이 있는데 이건 공격은커녕 질문도 제대로 못 할 정도였다.

"직업."

"잠시만요."

직업. 메이우는 매일같이 놀고먹었다. 그래서 당연히 무직이다.

그런데 그 질문에 손하균이 태클을 걸었다.

"뭡니까?"

"의뢰인과 이야기하겠습니다."

그리고 메이우를 데리고 한참을 다른 변호사들과 함께 이야기하더니 황당한 말을 했다.

"항진 인더스트리 부사장입니다."

"항진? 그게 어디야?"

"백수 아녔어?"

"지금 그 말은, 우리 의뢰인에 대해 사전 조사를 했다는 겁니까?"

"아니, 그건 아니고요……."

'돌겠네.'

질문 하나하나 태클을 걸면서 터무니없는 꼬투리를 잡는 태양의 변호사들.

질문 하나를 하면 그에 대한 대답이 나오는 데 못해도 30분씩은 걸린다. 변호사들끼리 협의해서 최대한 유리한 답변을 하기 위해 그러는 거다.

그렇다고 제대로 대답하느냐 하면 그것도 아니다. 이름만 빼고 제대로 대답하는 건 하나도 없었다.

"왜 아침에 차량을 고의적으로 파손한 겁니까?"

"아침 출근을 위해 나가야 하는데 막고 있어서 욱한 것뿐입니다."

"아니, 그렇다고 차를 부숴요? 무슨 출근을 하는데 새벽부터 중국으로 갑니까?"

"중국 출장입니다. 항진 인더스트리는 본사가 중국에 있는 중국계 기업입니다."

천연덕스럽게 대답하는 태양의 변호사의 말에 김정기는 속이 바짝바짝 탔다.

간단한 진술서 하나에 무려 세 시간이나 걸렸기 때문이다.

"일단은 긴급 구속 상태니까, 유치장으로 들어가세요."

"구속적부심은 바로 끝날 겁니다. 그러니까 걱정하지 마세요."

메이우와 위란은 그 말에 고개를 끄덕거렸다. 그리고 경찰을 노려보면서 비웃음을 날리고는 안으로 들어갔다.

"아, 씨발. 돌겠네."

직감적으로 범인인 건 알겠는데 도무지 잡을 방법이 없자 김정기는 속에서 분노가 끓어올랐다.

"더 이상 할 말 있습니까?"

"아니요."

"가시죠."

마치 변호사들에게 경호라도 받는 것처럼 나가는 메이우와 위란.

그리고 그들이 나간 자리에, 느긋하게 들어온 노형진이 털썩 앉았다.

"표정으로도 사람 하나 죽이겠는데요?"

"죽일 수 있으면 좋겠습니다."

"어떻게 생각하세요?"

이것이 법이다

"의심은 가는데…… 방법이 없네요."

'의심이 아니라 확신을 가져도 될 텐데.'

노형진이 그저 심심해서 수다를 떨기 위해 메이우와 위란이 앉았던 의자에 앉은 게 아니었다.

그들이 무슨 생각을 했는지 읽어 내기 위해서였는데, 그 안에는 비웃음과 더불어서 살인에 대한 기억도 있었다.

'쾌락형 살인마라…… 이건 진짜 흔하지 않은데.'

쾌락형 살인마들은 진짜 흔하지 않다. 살인은 극도로 터부시되는 것이기 때문이다.

일단 사람들이 생각하는 건 소시오패스나 사이코패스다.

그런데 현실적으로 본다면 그들 중에도 쾌락형 살인마는 거의 없다시피 하다.

소시오패스는 자기 이득이 없다면 굳이 살인하는 놈들이 아니다. 그들은 양심이 없는 거지 생각이 없는 게 아니니까.

그리고 사이코패스의 경우는, 공감 능력 결여가 핵심이다.

그런데 그러한 공감 능력 결여와 즐거움은 전혀 다른 거다.

쉽게 말해서 사이코패스에게 인간을 죽인다는 행위는 자신을 귀찮게 하는 모기를 잡는다는 느낌이 강하다.

애초에 사이코패스는 감정을 느끼지 못한다고 한다. 그런 감정에는 즐거움도 포함된다.

당연히 그들의 살인에는 즐거움보다는 호기심이 더 크다.

그 때문에 사람들의 생각과 다르게 사이코패스가 쾌락 살인을 하는 경우는 거의 없다.

그에 반해 쾌락 살인마는 말 그대로 즐거움이 목적이다.

그런 쾌락 살인마들은 극단적 가학성애자나 지배자 타입이 많다.

상대의 목숨마저도 자신이 관리하면서 상대방을 지배하에 둔다는 것에 즐거움을 느끼는 거다.

"노 변호사님은 어떻게 생각하세요? 저놈들 잡을 수 있을까요? 이거 도무지 답이 안 보이는데."

"글쎄요, 일단 현 상황으로는……."

막 말을 하려고 하는 찰나 다급하게 누군가 뛰어 내려왔다. 그리고 노형진을 무시하고는 김정기의 멱살을 잡아 올렸다.

"이 새끼야! 너 도대체 누구를 건드리는 거야?"

"네?"

"누구를 건드렸기에 내 전화기에서 새벽부터 불이 나느냐고!"

헐레벌떡 내려온 사람은 다름 아닌 서장이었다.

"아니, 중국인 재물 손괴 혐의자를 체포한 것뿐입니다."

"고작 그걸로 내 전화가 불이 나는 게 말이나 돼?"

"저기, 서장님."

"뭐, 인마!"

"이거 놓으시고……. 저기 눈앞에……."

"이 새끼가 뭐? 범죄자 새끼 눈치를 볼 상황이야, 지금?"

아마도 노형진이 김정기의 눈앞에 앉아 있자 취조 중인 범죄자로 안 모양이었다.

"범죄자가 아니라……."

김정기가 애써 눈짓하자 그제야 이상함을 느낀 서장은 고개를 노형진에게 돌렸다.

노형진은 자신의 명함을 꺼내어 건네면서 싱긋 웃으며 말했다.

"서장님, 우리 대화할 게 많은 것 같지요?"

"씨팔……."

서장의 얼굴은 새파랗게 질렸다.

⚖️

"여러 곳에서 온 모양이더군요. 검찰청에서도 전화가 오고 법원이나 외교부, 심지어 국정원에서도 전화가 온 모양입니다."

노형진의 말에 김성식은 심각한 얼굴이 되었다.

"이거야 원. 털어도 털어도 끝이 없군."

"수십 년 동안 똥까지 돈으로 찌들었는데 그게 하루아침에 되겠습니까? 그나마 서장이 상황이라도 알아보려고 한 게 다행이지요."

만일 그 서장이 진짜 부패한 사람이라면 사정에 대한 확인이 아니라 무조건 풀어 주라고 지랄했을 거다.

"그나저나 항진 인더스트리라는 기업에 대해서는 어떻게, 조사 결과가 나왔습니까?"

"시간이 짧아서 제대로 나온 건 아닙니다만 기본적인 수준에서는 나왔습니다."

고문학은 노형진의 질문에 미리 준비한 서류를 건네며 말했다.

"항진 인더스트리. 중국 기업이고, 현재 한국에 특수 물질을 공급하는 업체입니다."

"그래요? 대기업인가요?"

"대기업은 아닙니다만, 그들이 취급하는 물질의 한국에서의 점유율이 100%를 차지하고 있습니다."

"100%?"

노형진은 그 말에 고개를 갸웃했다.

한 회사의 상품 점유율이 100%인 상황은 거의 불가능에 가까우니까.

"해당 물질이 비싼가요?"

"비싼 것도 비싼 거지만, 일단 반도체 공정에서 필수 물질로 분류됩니다."

"아!"

그 말인즉슨, 만일 그게 없다면 반도체 공정이 멈춰 버릴 정도로 필수 물질이라는 건데.

"그런데 그들의 힘이 그렇게 강한가? 이해가 안 가네만. 그쪽에서 독점 생산하는 건가?"

듣고 있던 김성식은 신기하다는 듯 물었다.

"그건 아닙니다만 공급처가 사실상 세 곳뿐이라서요."

해당 물질의 생산이 가능한 나라는 총 네 곳이다.

일본, 미국, 독일 그리고 중국.

한국의 반도체 생산은 세계적인 수준이고 전 세계에서 어마어마한 양의 공급량을 자랑한다. 그런 곳에 독점이라…….

"그런데 아무래도 다른 곳들은 가격이 비싸니까요."

항진 인더스트리의 가격을 기준으로 일본은 세 배, 미국은 네 배, 독일은 다섯 배의 가격으로 책정된다고 한다.

노형진은 그 말을 듣다가 심각한 표정이 되었다.

"회사의 규모 자체는 크지 않지만 그 물건의 독점적인 공급량이 절대적이라서요."

고문학의 말에 노형진은 걱정스럽게 말했다.

"아무래도 공산당의 지원을 받는 모양이군요."

"그게 무슨 소리인가?"

"말 그대로입니다. 그게 아니라면 이런 결과가 나올 수가 없다는 거죠."

"응? 왜?"

"세 나라의 갭이 너무 크지 않습니까?"

일본과 미국 그리고 독일. 기술력만으로는 세계 제일로 분류되는 나라들이다.

그리고 한국도 그걸 생산하지 못해서 수입해서 쓴다.

물론 가격의 문제로 생산하지 못할 가능성도 있지만 말이다.

"그런데 중국은 아무래도 그런 걸 만들기에는 기술력이 부족할 가능성이 크죠."

"단가 문제로 다른 곳에서 생산하지 않는 것일 수도 있지 않나?"

"만일 그 물질을 다른 곳에서도 쉽게 생산할 수 있다면 아마 중국 내부에 다른 공장이 생겼겠지요. 상황을 보아하니 항진 인더스트리에서 대만에도 공급할 것 같은데, 아닌가요?"

"맞습니다."

"대만과 한국의 반도체 점유율을 아시지 않습니까?"

"아!"

사실상 반도체 시장에서 그들이 절대적 갑이며 그걸로 먹고 산다. 그런데 다른 기업은 아무도 그 시장을 노리지 않는다?

"그 말은 공산당에서 밀어주고 있다는 의미가 되죠. 그리고 그 기술의 습득에도 의심스러운 부분이 있고요."

중국에서 자체 기술을 개발했을까, 아니면 다른 나라에서 그 기술을 훔쳤을까?

'아마 후자겠지.'

그리고 그렇게 **빼돌린** 기술을 누군가에게 줘서 공장을 돌린다?

그 자체가 공산당에게 지원받고 있다는 가장 확실한 증거다.

"물론 자체 개발했다고 해도 말입니다, 중국 공산당과 친밀한 건 당연할 겁니다. 지키기 위해서라도 친해질 수밖에 없을 테니까요."

"끄응……."

그러다 보니 그들의 심기를 거스르지 않기 위해 국내 대기업들이 눈치를 본다는 거다.

"대체할 곳이 있다면서?"

"아마 현실적으로 힘들 겁니다. 그렇지 않습니까?"

"맞습니다, 대표님. 기술 자체야 독일과 일본 그리고 미국도 가지고 있지만, 그들의 생산량은 자국 내에서 소비되는 정도에 그칩니다."

갑자기 공급이 끊기는 일이 발생해도, 그 나라에서 물건을 가지고 올 수는 없다는 소리다.

갑자기 각 나라의 생산량을 늘릴 수는 없는 노릇이 아닌가?

"규모 자체가 크지는 않지만 알짜배기라는 소리군."

김성식은 그 말을 듣다가 눈을 찡그렸다.

"그런 곳이라면 태양과 손하균의 행동이 이해가 가기는 하는군."

"젊은 나이의 메이우가 진짜 부사장은 아닐 테니 아들쯤 되겠군요."

"어떻게 아셨습니까?"

"당연한 거 아닙니까?"

자녀에게 명목상의 직위를 주고 월급을 뭉텅이로 주는 건 흔한 일이다.

더군다나 명목상이어도 일단 직원으로 올려 두면 월급뿐만 아니라 법인 카드를 쓸 수 있는 자격도 주어진다.

"흠…… 그런데 그 정도면 태자당에 들어갈 수 있는 조건이 될 것 같은데?"

"그게 이상하군요."

그들은 태자클럽이라는 이름으로 활동하고 있었다.

그런데 현 상황만 봐서는 메이우와 위란은 굳이 그렇게 별도로 활동할 필요 없이 직접 태자당에 속해도 이상할 게 없는 신분이다.

'물론 태자당이 돈이 있다고 다 들어갈 수 있는 건 아니지만.'

태자당에서 중요한 건 돈이 아니라 정치적 힘이다. 하지만 메이우는 그 정치적인 힘이 부족한 사람으로도 보이지 않는다.

그런데 왜 태자클럽일까?

더군다나 왜 한국에 온 걸까?

'한국에서 유학하는 것도 아니고.'

메이우는 항진 인더스트리 한국 지부에 파견된 것으로 되어 있다. 당연히 공부를 할 이유도 없다.

'흠……'

노형진이 고민하는 사이에 고문학은 일단 나머지를 보고했다.

"현재 조사한 바에 따르면 항진 인더스트리에서는 각 기업들을 통해 압력을 행사하고 있습니다."

"그리고 그 기업들이 선택한 게 태양과 손하균이다 이거군."

"맞습니다."

하긴, 반도체라는 게 대기업만 팔아먹을 수 있는 물건이니 그들에게서 전화가 왔다면 아무리 손하균이라고 해도 그 무거운 엉덩이를 움직일 수밖에 없었을 것이다.

'이해가 안 가는데.'

하지만 노형진은 그런 것에 집중하지 않았다.

손하균이 끼어들어 풀어 주려고 하는 상황이고, 그걸 막을 방법은 사실상 없다.

어차피 막을 수 없는 일에 신경 쓰느라고 시간을 낭비할 생각은 전혀 없는 노형진이었다.

'한국 그리고 중국. 중국에 있으면 더 화려한 삶을 살 수 있겠지. 권력도 누리고. 그런데 왜 한국에 온 걸까? 왜 태자

당에 들어가지 못했을까?'

노형진은 그런 고민을 하다가 문득 한 가지 가능성을 생각해 냈다.

메이우와 위란은 쾌락형 살인마다. 그게 과연 한국에서 갑자기 발병했을까?

'그럴 리가 없지.'

갑자기 '내일부터 즐거운 마음으로 아이들을 죽여야지.'라고 생각하는 경우는 없다.

"그들이 태자당에 못 들어간 이유를 알 것 같군요."

"아직도 그 생각 중인가? 무슨 이유가 있어서 못 들어간 거겠지."

"저도 그렇게 생각합니다. 그리고 저는 그 이유가 살인 같습니다."

"살인?"

"한국에서 아동을 납치, 살인한 놈들입니다. 그리고 중국은 납치의 천국이고요. 아시겠지만 중국에서는 아동 납치가 아주 빈번하게 벌어지지요."

노형진의 말에 김성식은 뭔가를 깨달았다.

"중국에서도 살인을 했을 거라 이건가?"

"맞습니다. 그렇게 생각하면 미심쩍었던 부분도 하나 해결되지요."

"뭐가 미심쩍었는데?"

"지금까지 역사적으로 수많은 쾌락 살인마가 있었습니다."

"그건 나도 알지."

김성식도 검사였기에 수많은 살인 사건에 대해 알고 있다.

사람들이 잘 모를 뿐 생각보다 살인 사건은 많고, 드러나지 않을 뿐이지 쾌락 살인마도 아예 없는 건 아니다.

"그런데 어떤 살인마가 희생양을 구입해서 살인하던가요?"

"응?"

그 말에 김성식은 아차 싶었다.

"그렇군. 그런 사례가…… 전혀 없었지."

"당연한 겁니다."

살인은 용서받지 못할 일이다. 누군가 그 사실을 알면 신고할 테고, 그 결과는 사형일 가능성이 높다.

당연히 살인범들은 어떻게 해서든 들키지 않기 위해 노력한다.

그 과정에서 희생자를 직접 납치하거나 하지 외부인에게 잡아다 달라고 하지는 않는다.

그렇게 요청하는 순간 납치에 관련된 사람들이 사실을 알게 될 가능성이 크니까.

"기존의 프로파일링에서 본다면 말도 안 되는 상황인 거죠."

쉽게 말해서 상당히 특수한 상황이라는 건데, 사실 프로파일링의 약점이 이거다. 너무 말도 안 되는 특수성을 가진 경우에 제대로 맞히지 못한다는 것.

"특수성이라……."

"그리고 전에 말씀드렸을 겁니다, 프로파일링은 각 나라, 각 문화마다 달라져야 한다고."

"기억나네."

총기 자유국인 미국과 총기가 불법인 한국의 프로파일링이 같을 수는 없다.

당연히 아프가니스탄같이 가난한 나라와 일본같이 잘사는 나라 역시 차이가 날 수밖에 없다.

"그러면 중국이라는 나라의 특수성을 대입해 보죠."

낮은 치안, 후진적인 국민성.

금전적 수익을 위한 아동 납치가 빈번하게 이루어지는 나라.

절대적인 권력에 대한 복종과 극단적 자본주의가 공존하는 나라.

"돈으로 아동을 납치해서 살인범에게 공급한다……는 건가?"

"네, 가능한 일입니다. 중국이니까요. 전에 기억하십니까? 영혼결혼식을 위해 사람을 죽여서 시신을 공급한 사건이 있었지요."

"아, 맞아. 그랬지. 하긴, 그것과 비슷하군."

다만 그때는 성인이 표적이었다면 이번에는 아동이 표적인 거다.

하지만 그런 인신매매 납치범이 과연 아동과 성인에 차이를 둘까?

애석하게도 그런 생각을 할 수 있었다면 애초에 납치 같은 걸 하지도 않았을 거다.

"학습 효과다 이거군."

"네, 맞습니다."

살인은 자신이 하지만 납치는 다른 사람에게 부탁하는 식으로 분업한다.

그런 경우 만일의 사태가 벌어졌을 때 자신은 확실하게 벗어날 수 있다.

"그 문제로 인해 태자당에 들어가지 못했을 가능성도 크군요."

고문학은 심각한 얼굴로 말했다.

"태자당은 상당히 깐깐한 조직이니까요. 사실 지금 태자당은 두 개로 나뉘어 있습니다. 그리고…… 흠…… 메이우의 가족에 관한 자료가 있나요?"

"여기 있습니다."

고문학은 자료를 건넸고, 그걸 보면서 노형진은 혀를 끌끌찼다.

"가문이 홍얼다이군요. 그렇다면 말이 됩니다."

"홍 뭐?"

낯선 단어에 김성식은 되물을 수밖에 없었다. 처음 들어본 말이니까.

"태자당에는 두 개의 세력이 있습니다. 현 중국의 개국공신 가문이자 공산당 창당 공신들의 자손인 홍얼다이, 그리고 개국 이후에 고위 관직에 올라가게 된 관얼다이가 있지요."

"그런데 그게 뭐가 말이 된단 말인가?"

"홍얼다이에는 재미있는 규칙이 있습니다. '홍색가문'이라는 규칙입니다."

'홍색가문'은 쉽게 말해서 한 집안에서 고위 관료를 두 명 이상 배출하지 않는다는 규칙이다.

"좋아 보이는데요?"

권력이 한쪽으로 쏠리면 그로 인한 부정부패가 발생하는 건 당연한 거니까.

"겉으로만 그런 거니까 문제지요. 권력이 정치에서만 생겨나는 건 아니지 않습니까?"

"아!"

정치적 권력을 쥐지 못한 자들은 과연 어떤 식으로 자신들의 힘을 유지하려고 할까?

당연히 정치적 힘을 기반으로 재력을 쥐려고 한다.

"항진 인더스트리가 기술을 받아서 세계적인 공급 업체가 되었지요."

"그래서 그런 거였나?"

'홍색가문' 규칙에 따라, 기술을 넘겨받아서 재력을 쥐게
된 것이다.

"그런데 메이우가 홍얼다이라면 자연스럽게 태자당이 되
어야 하지 않나?"

"물론 그렇습니다만, 아까도 말씀드렸다시피 태자당 내부
에는 두 가지 세력이 있습니다. 홍얼다이와 관얼다이. 한 조
직에 두 가지 세력이 있는 경우에 꼬라지가 어떻겠습니까?"

"무슨 뜻인지 알겠군."

홍얼다이는 조상이 공산당의 창당 멤버이자 시조라는 일
종의 신분제를 기반으로 한 판단으로 본인들을 자랑스러워
하고 관얼다이를 무시한다.

그에 반해 관얼다이는, 너희는 조상 덕만 빨아먹을 뿐 한
게 없지 않느냐고 생각한다.

쉽게 말해서 원조 다이아몬드 수저와 개룡남의 싸움 같은
거다.

"관얼다이의 가장 큰 숙적이 홍얼다이입니다. 실제로 홍
얼다이의 부정부패를 가장 적극적으로 파는 게 관얼다이입
니다."

"부정부패를 판다라……. 살인을 저질렀다면 그걸 감추지
못했을 가능성이 높겠군."

"아마도요."

물론 홍얼다이 소속인 만큼 한두 명 정도야 어떻게 묻어 버릴 수 있을지도 모른다.

하지만 관얼다이의 힘도 약한 게 아니다. 수적으로 홍얼다이보다는 관얼다이가 많을 수밖에 없다.

물론 오랜 시간 금전을 쥐고 있던 홍얼다이가 유리한 부분도 있지만⋯⋯.

"하지만 아동 납치 살해? 그것도 쾌락형 살인이라면? 관얼다이가 놓칠 리가 없지요."

당연히 신나게 물어뜯을 거다.

그리고 아무리 메이우가 홍얼다이라고 해도 거기에서 벗어날 수는 없다.

"아시겠지만 태자당은 중국 내부에서도 개혁의 대상으로 취급받고 있습니다."

작은 사건도 아니고 살인 사건을 덮어 줄 리가 없다.

"그래서 한국으로 왔다 이건가?"

"아마도요. 한국에서는 관얼다이가 뒤를 캐지 못하니까요."

그렇다면 메이우가 한국에서 굳이 태자클럽이라는 황당한 이름을 쓰는 게 이해가 간다.

그의 입장에서는 태자당 내부에서 쫓겨나다시피 한 상황이 억울해 죽을 것 같은 거다.

물론 진짜 태자당 내부에서 살인을 알았을 가능성보다는, 문제가 될 것 같으니까 부모들이 내보냈을 가능성이 크지만.

"대충 상황은 알겠군. 그러면 이걸 어떻게 해야 하나? 관얼다이에 상황을 알려 주고 조사를 부탁해야 하나?"

"그건 힘들 겁니다."

"힘들다니? 어째서?"

"어찌 되었건 그들은 태자당입니다."

내부에서는 피 터지게 싸울지언정 그들은 같은 태자당. 궁극적으로는 공산당이라는 하나의 이름하에 묶여 있다.

안 그래도 중국은 자국에 대한 부정적인 발언이나 사실을 절대적으로 감추기 위해 혈안이 되어 있다.

가령 열차 전복 사고가 터졌을 때 그들은 공식적으로 사망자가 세 명이라고 발표했다.

하지만 그 사건과 관련된 자료를 보면 사망자가 세 명만 나올 수가 없다.

심지어 중국은 그 사건과 관련된 사고가 나기 무섭게 '수습'이라는 이름으로 현장을 모조리 폐기했다.

상식적으로 사고는 사고일 뿐이지만 그들은 그걸 인정한다는 것 자체를 중국 공산당에 대한 부정으로 받아들인다.

"그러니 이걸 공개하면 도리어 그런 일 없다고 감출 겁니다."

작은 의심만 내비쳐도 그들은 어떤 방법을 써서라도 사건

수사를 방해할 게 뻔하다.

"그 아내는 어떤가? 위란 말일세."

분명 위란의 프로파일러적 판단에 따르면 그녀는 죄책감을 느끼고 있을 가능성이 크다.

당연히 그녀를 공략하면 사실을 말할지도 모른다는 것이 김성식의 생각이었다.

하지만 노형진은 그렇게 생각하지 않았다.

"아닐 겁니다. 위란 역시 결과적으로 쾌락형 살인마입니다. 프로파일링에서 보셔서 아시겠지만, 그녀는 종속적 타입의 살인범이 아닙니다."

"흠, 그런데 죄책감이라니……. 그게 약간은 이해가 안 가는데."

죄책감을 가진다는 건 후회한다는 거다. 그러니 당연히 설득하면 진실을 말하지 않을까 하는 생각이 들었던 것.

그러나 노형진은 단호하게 부정했다.

"죄책감이라는 건 영원한 게 아닙니다."

"무슨 소리인가?"

"그 순간에는 미안해할지도 모르지요. 하지만 죽은 아이를 씻기고 꾸미는 과정을 통해 그 마음을 합리화하는 겁니다."

죽은 아이를 꾸미는 행동이 진짜로 반성해서 하는 게 아니라, '미안하지만 난 최선을 다해서 너를 좋은 곳으로 보내 주기 위해서 노력했다.' 같은 식으로 자신에게 일종의 면죄부를 발급하는 행위라는 거다.

"죄책감과 후회는 동일한 감정이 아닙니다."

"그게 가능한가요?"

"멀리 갈 필요가 있습니까? 교도소에서 가장 선호되는 종교가 뭡니까?"

"쩝…… 할 말 없게 만드는군."

교도소에서 가장 많이 믿는 종교는 다름 아닌 기독교다.

그 이유는 간단하다. 기독교는 모든 죄를 예수님이 지고 갔다고 이야기하기 때문이다.

그래서 예수님을 믿으면 무조건 천국에 간다고 이야기한다.

"예수님 탄생 이전의 죄라면 모를까, 그 이후의 죄라면 자기가 짊어지는 게 맞는데도 불구하고 그러지요. 그들이 그렇게 생각하는 이유는 간단합니다. 스스로에게 면죄부를 주려는 거죠."

미안해서 반성하려는 게 아니라 자기에게 면죄부를 주기 위해 그런 행동을 한다는 것. 그게 노형진의 추측이었다.

"면죄부라……."

김성식은 쓰게 웃었다.

"그러면 어쩌자는 건가? 중국에다가 요청해도 도와주지는 않을 거란 얘긴데."

그 말에 노형진은 씩 하고 웃었다. 이미 예상한 일이니까.

그리고 그들이 무슨 짓을 할지도 이미 알고 있었다.

"중국에다가는 살짝 거짓말을 하지요."

"어떤 거짓말?"

"범인이 한국인인 것 같다고 말하는 겁니다."

"뭐?"

노형진의 말에 김성식은 어이가 없는 표정이 되었다.

"정확하게는, 우리가 엉뚱한 방향으로 수사하는 것처럼 속이는 거죠."

그리고 그러면서 상대방을 옭아매는 것이 노형진의 계획이었다.

"그러니까, 중국에 한국의 연쇄살인마가 왔다 갔다 하는 걸로 의심된단 말입니까?"

"그렇습니다."

오광훈은 주한 중국 대사관에 접견을 신청해서 합동 조사를 요청했다.

그 말에 주한 중국 대사는 눈을 찡그렸다.

"증거는요?"

"일단 우리가 확보한 증인들의 말에 따르면 범인은 중국에서 활동한다는 발언을 한 적이 있다고 합니다. 그리고 살인 사건의 시기를 봐서는 중간중간 빈 시간이 있습니다. 아시겠지만 이런 식의 살인을 하는 놈들은 일정 주기를 가지고 살인을 지속합니다. 하지만 그사이의 빈 시간이 상당히 깁니다."

당연하게도 이건 거짓말이다.

그런 타입의 살인범이 없는 건 아니지만, 이번 사건의 살인범은 그와 관계없으니까.

하지만 중국 대사는 정치인이지 심리 분석가가 아니다. 당연히 그럴듯하다고 느낀다.

"더군다나 가장 큰 문제는……."

오광훈은 침을 꼴깍 삼키며 말했다.

"현재 한국에서 살인 사건이 일어나지 않고 있다는 겁니다."

"뭔 소리입니까? 그러면 좋은 거 아니오?"

"그런 뜻이 아닙니다. 코델09 사태 이후로 한국에 범인이 오지 못했다는 거죠."

현재 중국에서 한국에 오면 무조건 2주간의 격리를 거쳐야 한다. 계속 도망 다녀야 하는 범죄자 입장에서는 상당히 부담스러운 일일 수밖에 없다.

"뭐라고!"

그 말은 지금 연쇄살인범이 중국에 있다는 소리다.

"그리고 아시겠지만, 연쇄살인범들은 살인을 멈추지 못합니다. 지금도 중국에서 살인을 계속하고 있을 겁니다."

"아니…… 무슨……. 일도 제대로 못하는 거요?"

주한 중국 대사는 어이가 없었다.

중국의 낮은 치안의 특성상 어떤 살인이 벌어지고 있을지 알 수가 없다.

CCTV는 어마어마하게 많지만 대부분의 운용은 국민 감시와 반동분자 색출에 몰려 있기 때문에 정작 납치가 벌어지는 현장에서는 활용하는 게 쉽지 않다.

사실 오광훈의 말은 반만 맞는 소리다.

한국에서 살인 사건이 멈춘 건, 납치를 담당하던 범인들이 잡히고 메이우와 위란이 의심받기 시작했기 때문이니까.

"그래서 말인데, 사건의 주요 사항을 알려 드릴 테니 혹시나 중국에서 비슷한 사건이 있는지 확인해 주실 수 있습니까?"

"비슷한 사건이라……."

"네."

"알겠소."

"아, 그리고……."

오광훈은 살짝 고민하는 척하다가 조심스럽게 말했다.

"국가 간의 감정이 있으니 이번 사건은 좀 비밀로 해 주시면……."

"그러리다."

"감사합니다."

오광훈은 그 말에 다행이라는 듯 웃었다.

"감사는 개뿔. 잘도 비밀로 하겠다."

오광훈에게 이야기를 들은 노형진은 피식하고 웃었다.

자료를 건넸으니 이제 중국에서는 그동안의 사건을 정리하고 파고들기 시작할 것이다.

"그런데 진짜로 우리 부탁을 들어주면 어쩌려고? 괜스레 사족을 붙인 거 아냐?"

만일 진짜로 중국에서 노형진의 계획과 다르게 사건을 조용히 조사해서 건네준다면 일은 틀어진다.

"아닐걸."

하지만 노형진은 자신이 있었다.

"너도 알다시피 지금 중국은 자기들이 살기 위해 반한 감정을 조장하고 있어."

코넬09의 발생국이 한국이라는 헛소문을 내는 한편, 마치 한국 때문에 자신들에게 마스크가 없는 척하고 있다.

물론 완전히 틀린 말은 아니다. 노형진이 마스크 공장을 한국으로 이전한 건 사실이니까.

"거기다가 얼마 전에 중국 공산당 마스크 사건도 터졌지."

중국 공산당의 일부 당원들이 마스크를 쌓아 두고 통제하면서 터무니없이 비싸게 팔아먹었던 사건.

노형진은 그들을 속여서 마스크를 공급했고, 그 덕분에 무려 40조에 가까운 돈을 벌었다.

국가도 아니고 고작 개개인이 그 정도 돈을 쌓아 두고 있었다는 것 자체가 공산당이 얼마나 부패했는지를 보여 주는 일이었다.

어찌 되었건 그건 외부로 공개되었기 때문에 중국에서는 그걸 어떻게 해서든 덮어야 한다.

"그런데 지금 연쇄살인 사건이 벌어졌다니, 그것만큼 좋은 이슈가 있겠어?"

반한 감정을 키우고 한국의 무능을 알리며 시선을 돌릴 수 있다.

"더군다나 네가 비밀로 해 달라고 특별히 말했잖아."

과연 그걸 지킬까, 아니면 철저하게 무시하고 이용해 먹을까?

"뭐, 나중에 인민의 알 권리를 막을 수 없다는 소리 같은 거나 하겠지."

너무 뻔한 예상이었기에 오광훈은 쓰게 웃을 수밖에 없었다.

국제적인 살인마

　－한국에서 넘어온 살인마는 현재 중국에서 오십 건 이상의 살인
을 한 것으로 알려졌습니다. 범인은 살인 현장에 독특한 흔적을 남
겼습니다. 한국에서 온 살인범은 현재 상하이에 자리 잡은 것으로
보이며……

"비밀을 지켜? 웃기고 자빠졌네."
　오광훈의 사무실에서 중국 뉴스를 보던 노형진은 비웃음
을 날렸다.
　아니나 다를까, 중국은 신나게 한국을 까기 시작했다. 심
지어 아주 효율적으로 말이다.
　사건 기록을 조사해서 오광훈이 말한 사건과 공통점이 있

는 사건, 즉 신발을 올려 둔 살인 사건을 확인했고, 그 후에 해당 건들을 취합했다.

해당 범행이 이루어진 장소는 상하이로, 메이우의 고향이었다.

그러자 중국은 중국답게 자신들의 방식으로 수사를 확대시켰다.

어마어마한 인력을 동원해서 시신이 발견된 인근의 땅을 모조리 까뒤집거나 주변을 수색한 것이다.

그러자 시신들이 추가되어 무려 오십 건의 사건이 드러나면서 중국은 발칵 뒤집어졌다.

안 그래도 국민들의 분노와 시선을 다른 곳으로 돌려야 했던 중국 공산당은 이 사건을 미친 듯이 퍼트리기 시작했다.

"누가 보면 한국 사람들이 죄다 연쇄살인마인 줄 알겠네."

노형진은 뉴스를 보면서 혀를 끌끌 찼다.

"믿을 만한 소식통에 의하면 살인범은 한국인이라고 한다라……. 어때, 믿을 만한 소식통 씨?"

오광훈은 노형진의 말에 기가 막힌다는 듯 말했다.

"뭔 개소리야? 난 그런 소리 한 적이 없어."

오광훈은 범인이 한국과 중국을 왔다 갔다 한다고 이야기했지 한국인이라고 한 적은 단 한 번도 없다.

"알아. 알지. 내가 그러라고 시킨 거잖아."

하지만 중국은 중국과 한국을 왔다 갔다 한다는 사실만으로 한국인으로 특정하고 미친 듯이 이야기하고 있는 상황이었다.

"와, 그래도 비밀로 하라고 신신당부했는데…… 어떻게 저렇게……."

"그러니까 널 보낸 거야."

"응? 뭔 소리야? 네가 저렇게 하도록 했다는 거야?"

"사실 이런 건 말이야, 엄밀하게 말하면 네가 아니라 더 높은 사람, 특히 외교부 쪽 사람들과 이야기한다고."

하지만 노형진은 오광훈에게 말해서, 오광훈이 외교부에 직접 상황을 설명하고 도움을 받을 수 있게 해 줬다.

물론 검찰이 그 상황을 불편해하기는 했지만 그렇다고 해서 노형진의 말을 거부하지는 않았다. 노형진의 말에 틀린 건 없었으니까.

"어째서?"

"이걸 외교관이 이야기하면 국가 간의 약속이 되거든."

외교관 자체가 결국 국가에서 신분을 보장하는, 국가를 대표하는 사람이다. 당연히 이런 이야기를 외교관과 나눈 후였다면 심각한 외교적 결례를 저지르는 게 된다.

"하지만 넌 국가를 대표하는 사람이 아니지."

즉, 오광훈의 말을 무시한다고 해서 국가적 결례라고 볼 수는 없다는 소리다.

"그러니까 저쪽은 신나게 까는 거지."

"거참."

노형진의 말에 오광훈은 입맛을 쩝쩝 다셨다.

"그러면 이제 뭘 어쩌면 되는 거야?"

"일단 한 가지는 확실해졌어. 메이우와 위란은 당분간은 살인을 못 해."

할 수가 없을 것이다.

한국 경찰에게 의심받는 상황에서 중국에서도 자신들이 죽인 아이들의 시체가 발견되었다.

아무리 살인에 환장한 놈이 해도 자신의 인생을 걸면서까지 살인을 하지는 않을 것이다.

"일단 급한 불은 껐다는 거지."

추가적인 살인이 없다는 것만으로도 적지 않은 시간을 번 셈이다.

"하지만 그게 끝이 아니잖아. 메이우와 위란의 살인을 증명하지 못하면 결국 우리가 욕만 먹고 끝나니까."

"물론 그렇지. 뭐, 시간을 벌어 주는 사이에 과학수사 자료가 나오면 좋겠지만 그건 힘들 것 같고."

수십 번의 살인으로 훈련된 놈들이다. 당연히 어떤 식으로 과학수사를 피해야 하는지는 누구보다 잘 알 거다.

"아마 위란의 그런 자기방어적 행동을 방치한 것에도 어느 정도는 그런 부분이 있을 테고."

"무슨 소리야?"

"위란은 죽은 아이를 완벽하게 씻겨서 가져다 버리지. 심지어 옷까지 깔끔하게 입혀서. 그게 무슨 소리겠어?"

"아, 그렇구나. 모든 증거가 사라졌겠네."

"맞아."

혹시 모르는 피나 지문도 싹 지워졌을 것이다.

"그러면 과학수사고 뭐고 다 의미 없는 거잖아?"

"그건 아니지."

노형진은 화면에서 시선을 돌리며 말했다.

"과학수사는 시신을 상대로만 하는 게 아니야."

"뭔 소리야?"

"메이우와 위란은 범인으로 특정되었어. 그리고 그들은 시신을 깔끔하게 씻어서 정리했지."

"그렇지. 그래서 증거가 없지."

"그러면, 시신을 어디서 정리했을까?"

그 말에 오광훈은 멍하니 노형진을 바라보았다.

시신의 처리는 어디서 했을까? 지금까지 생각하지 못한 부분이었다.

"헐, 그러네. 왜 그 생각을 못 했지?"

"특정하는 것만으로도 힘들었으니까."

노형진이야 의자에 남은 기억을 읽어서 범인을 확실히 특정할 수 있었지만, 다른 사람들에게는 아직은 의심만으로 남아 있는 상황이다.

당연히 범인이 누군지도 모르는데 어디서 죽였는지 알 방법은 없다.

"하지만 대략적으로 특정되었으니 추적이 가능하지."

"음, 그렇기는 한데……. 어딜까? 사람을 붙여야 하나?"

"아까 말했잖아, 당분간은 절대로 살인하지 않을 거라고."

결국 다른 방법으로 추적해야 한다.

"바보가 아닌 이상에야 자기가 살던 아파트에서 살인하지는 않았을 테고."

고가의 아파트다. 그곳에서 커다란 캐리어 같은 걸 끌고 다닌 흔적이 있다면 영상이 남아 있을 가능성이 100%다.

그런 곳은 보안을 위해 여러 곳에 CCTV를 설치하기 때문이다.

"그렇다고 뻔하게 창고 같은 곳을 쓸까?"

"안 그래도 그것 때문에 항진 인더스트리 재산 내역을 확인해 봤거든."

하지만 항진 인더스트리가 가진 재산이 한국에는 없었다.

애초에 항진 인더스트리 한국 지점은 굳이 있을 필요가 없는 곳이었다.

한국에 거의 독점적으로 공급하다 보니 영업할 이유도 없고, 애초에 거래량이 어마어마해서 굳이 지점에서 조금씩 팔아먹을 이유도 없기 때문이다.

"그렇다고 버려진 건물을 이용한다고 보기는 힘들지 않

이것이 법이다

아? 어째 찾기 쉽지 않을 것 같은데."

한국인이라면 전국을 돌아다니거나 고향 같은 곳의 버려진 빈집 같은 걸 알고 있을 가능성이 크지만 그들은 중국인이다.

"난 다르게 생각하는데."

"응? 어째서?"

"조건 때문이지. 그들의 과정을 살펴야지."

메이우와 위란은 희생된 아이들을 깨끗하게 씻기고 새로 옷을 사서 입혔다.

"일단 옷은 헌 옷이잖아."

"그래. 그래서 경찰도 추적을 못 한다고 하더라고."

고개를 절레절레 흔드는 오광훈의 말에 노형진은 한심하다는 듯 긴 한숨을 내쉬었다.

"추적을 못 하는 게 아니라 생각도 안 하는 거겠지."

"설마?"

"아이들의 옷을 중고로 파는 곳은 한정되어 있다고."

사람들은 아이들의 옷을 중고로 파는 걸 좋아하지 않는다.

대부분의 경우 아이들의 옷은 좀 더 어린 아이들이 있는 다른 집에 주거나 기부를 한다.

왜냐하면 애들은 엄청나게 빠르게 크기 때문이다.

지금 예쁜 옷을 산다고 해도 1년만 지나면 사이즈가 안 맞는다.

그 때문에 그런 옷들을 주변에 나이가 맞는 자녀를 가진 사람들끼리 나눠 입는 것이 보통이다.

"하지만 중고로 파는 곳이 아예 없는 것은 아니잖아? 인터넷에는 없는 게 없다고."

핸드폰으로 중고 아동복 구입이라고 검색해서 보여 주는 오광훈.

그걸 본 노형진은 고개를 끄덕거렸다.

"맞아. 확실히 인터넷에는 없는 게 없지. 하지만 말이야, 너도 이번 사건을 봐서 알겠지만 메이우와 위란은 철저하게 본인들을 숨겼다고."

"그거야 그런데……."

"그런데 이런 중고 매장에서는 말이야, 기본적으로 모든 옷을 사진을 찍고 대금을 카드 또는 계좌 이체로 받아. 온라인 매장이니까."

"아!"

확실히 그렇다.

물론 오프라인 매장이 없는 것은 아니지만 대부분의 경우 온라인 거래가 기본이다.

당연한 게, 오프라인으로 가게를 얻어서 팔려면 중고 옷으로는 수익에 한계가 명확해서 월세도 내기 힘들기 때문이다.

결국 월세가 나가지 않는 곳에서 온라인 판매하는 것이 수익을 극대화할 수 있는 최선의 방법이다.

"그렇게 몸 사리는 놈들이 카드 내역이나 계좌 이체 내역을 남겨 두겠어?"

"어…… 그러네."

"그리고 말했잖아. 이런 온라인 판매는 기본적으로 옷 사진을 찍을 수밖에 없어."

당연히 수사할 때 해당 옷이 어디서 구입되었는지 추적한다.

혹시라도 그 사진을 본 누군가가 '어, 이거 어디 온라인 매장에서 팔았는데.'라고 해 버리면 범인이 특정될 가능성이 아주 크다.

"하지만 오프라인 매장은 딱히 사진을 찍어 두지는 않아. 그리고 현금으로 결제도 가능하고. 뭐, 얼굴이야 모자나 마스크로 가리는 게 어렵지 않으니까."

요즘 같은 시기에는 마스크를 안 쓰는 게 더 이상한 일이다.

거기다 선글라스까지 쓰면, 어찌어찌 가게를 찾아도 내부 CCTV로 확인할 수 있는 정보는 없는 것이나 마찬가지다.

"아마 두 사람은 오프라인 매장 위주로 다녔을 거야. 그런데 너, 중고 아동복 오프라인 매장을 주변에서 본 적 있냐?"

"어…… 아니. 돌아다니다 보면 구제 옷 가게는 많아도 아이들 옷은 거의 없었던 것 같은데."

"그래, 대부분의 부모님들은 아이들이 자라서 더 이상 못 입게 된 옷은 팔기보다는 기증하려 하지."

굳이 그걸로 욕심을 내지는 않는다.

"음, 그렇군……. 없어. 아니, 한 곳 있구나."

"이제야 알겠어?"

그런 옷을 기증받아서 전문적으로 판매하는 곳. 그곳이 바로 사랑의 가게라는 자선단체였다.

사랑의 가게에서는 기증품들을 판매해서 낸 수익으로 불우한 이웃을 돕는다.

"그리고 사랑의 가게가 제일 유명하기에 많은 유아용품들이 거기로 흘러들어 가지."

주변에 딱히 줄 사람들이 없다면 부모님들은 버리는 대신에 거기에 기증하는 것을 생각한다.

"물론 다른 곳이 있을 가능성도 있지. 하지만 지명도를 생각해 봐."

당장 아이를 키우는 것에 대해 전혀 모르는 오광훈조차도 그런 아이들의 옷을 사랑의 가게에서 기증받는다는 걸 알 정도로, 자선단체로서의 사랑의 가게의 지명도는 상당하다.

애초에 그렇게 기증받은 물품을 팔아서 남을 돕는 자선단체가 많은 것도 아니니 말이다.

"경찰이야 당연히 새 옷 위주로 생각하겠지. 하지만 사용감이 있는 중고라며?"

그래서 추적을 포기했는데, 생각해 보니 어떤 면에서는 새 옷보다 추적이 쉽다.

새 옷을 판매하는 매장은 전국에 백 단위가 넘고 유통하는 브랜드가 한두 개가 아닌 반면, 사랑의 가게의 매장은 전국 적으로 수가 적으니까.

"그리고 사랑의 가게는 기본적으로 온라인 판매를 안 해."

공식적으로 사랑의 가게는 자선단체이지 판매 수익을 올 리는 곳이 아니다. 그러다 보니 온라인 판매 허가를 받는 게 곤란하다.

더군다나 기증받은 물품을 싸게 팔아서 낸 수익으로 기부 하는 게 그들의 목적인데, 온라인 판매를 한다면 택배비를 무시할 수가 없다.

물건이 4천 원인데 택배비를 3천 원으로 책정해 버리면 배 보다 배꼽이 큰 셈이니까.

"그러면 추적이 불가능하잖아. 기증품이 한두 개도 아닐 테고."

오광훈은 눈을 찡그리며 말했다. 실제로 기증품이 적지는 않을 테니까.

더군다나 오프라인 매장이라면 그런 옷이 있었다는 걸 기 억이나 할까? 시즌별로 옷이 나오는 회사도 아닌데.

"그 부분이 함정이지. 사진은 있어."

"응? 그게 뭔 소리야? 오프라인 판매가 기본이라며?"

"그래. 하지만 그 때문에 사진이 있어. 기증품에 대한 기 록을 남겨야 하거든. 외부에 공개되는 게 아니라 내부 규정 이라서 사람들이 잘 모를 뿐이지."

사랑의 가게는 자원봉사 단체이지 중고 물품 거래 업체가 아니다. 당연히 거기서 일하는 사람들은 직원이 아니라 봉사자들.

대부분은 착하지만, 이상한 욕심이 있는 사람이 있을 수도 있다.

쓸 만한 물건을 슬쩍하거나, 판매 대금을 슬쩍할 가능성이 완전히 없지는 않은 게 현실이다.

"그래서 모든 기증품은 일단 들어오면 사진을 찍고 정비하고, 그중에서도 의류의 경우는 세탁을 하고 매장으로 들어가."

"그 말은?"

"사진을 찾을 수 있을 거란 소리지."

그 말에 오광훈의 얼굴이 밝아졌다. 드디어 꼬투리가 잡힌 것이다.

"물량이 많아서 고생을 했습니다만⋯⋯."

피곤한 얼굴로 말하며, 사랑의 가게의 간사는 미리 출력한 사진을 노형진과 오광훈에게 건넸다.

"아동 살인 사건이라고 해서 직원들이 밤새도록 판매 기록을 조사했습니다. 애초에 저희 쪽은 아동을 돕는 게 주요 목적이라서요."

그러다 보니 아동 살인 사건을 무시할 수는 없었다.

"어, 그러면 이 사진은?"

"일단 저희 쪽에 올라와 있던 해당 상품의 사진입니다. 뭐가 필요하실지 몰라서 출력해 놨습니다. 그리고 이건 그 결제 관련 서류고요."

맨 뒤에 있는 종이를 꺼내서 내미는 직원.

오광훈은 재빨리 그걸 받아서 읽기 시작했다. 그리고 주먹을 불끈 쥐었다.

"잡았다, 이 개 같은 새끼들!"

거기에는 구입한 사람의 실명이 적혀 있었다.

설마 중고를 판매하는 사랑의 가게까지 뒤질 거라고는 생각을 못 한 건지, 위란이 실명으로 물건을 구입한 것이다.

"이런 터무니없는 실수를 하다니."

"의외로 흔하지. 사람들은 이런 범죄자들이 똑똑한 줄 알지만, 그건 반만 맞는 거야."

범죄자들의 지능은 기본적으로 일반인보다 떨어진다.

사람의 양심이라는 건 단순히 한 사람의 생각이 아니라 그 사람의 사회적 지능이라고 볼 수 있다. 당연히 그게 떨어지니까 사회적인 흐름에 대해 잘 모르게 된다.

"자기들 딴에는 무척이나 똑똑하다고 생각하지만, 사실 그렇지는 않아."

소시오패스들이 성공할 수 있는 건 그들이 똑똑해서가 아니다.

다만 다른 사람이라면 아예 생각도 하지 않는 행위를 생각해 내고 선택하기 때문에 성공하는 거다.

가령 직원의 부모님이 돌아가셨는데 장례식 중에 전화해서 업무를 강제한다거나 하는 행동은 그들 딴에는 똑똑한 짓이다. 분명 단기간에 결과가 나오니까.

하지만 장기적으로 보면, 그 사람과 사회에 악역향을 끼치는 최악의 선택이다.

"범죄자들은 그걸 모를 뿐이지."

위란도 마찬가지였다.

누군가가 설마 사랑의 가게를 뒤지겠냐고 생각한 것이다.

실제로 경찰들은 그럴 생각을 못 했다. 그냥 헌 옷이라는 이유 하나만으로 무조건 추적 불가라는 판단을 내렸을 뿐.

"이것만 있으면 위란은 엮을 수 있겠어."

한두 벌도 아니고 사망자들이 입고 있던 옷들과 그것들을 구입한 기록. 그게 맞아떨어진다면 위란은 절대로 도망가지 못한다.

"아직 안 끝났다. 위란이야 엮을 수 있겠지만 메이우는 달라."

"다르다니?"

"위란이 입을 다물면? 그러면 단독 범행이 될걸."

그 말에 오광훈은 눈을 찡그렸다. 하지만 이내 긴 한숨을 내쉬었다.

"그러겠네."

위란이 독박을 쓰겠다고 결심하고 혼자 한 것이라며 모두 자신의 죄로 인정해 버린다면?

"범인의 시그니처가 꼭 하나라는 법은 없으니까."

그런 경우 정작 메이우는 쉽게 풀려나게 될 것이다.

최악의 경우 메이우는 밖에서 계속해서 살인을 저지를 수도 있다.

"억울한 마음에라도 입을 열지 않을까?"

"그러겠냐? 애초에 이런 짓거리를 하는 연놈들이 제정신이겠어?"

더군다나 메이우의 집안은 어마어마한 부잣집이다. 그 돈으로 위란이 감옥에서나마 누리고 살게 해 줄 수 있다.

"확실하게 하려면 메이우를 막아야 하는데 말이지."

문제는 메이우가 범인이라는 증거가 없다는 거다.

"흔적이라도 남았으면 좋았겠지만."

하지만 그런 흔적이 없다.

메이우는 아이를 교살했는데, 국과수의 말에 따르면 노끈이 이용되었다고 한다.

그리고 노끈은 어딜 가나 쉽게 구할 수 있는 물건이다.

"혹시 판매 매장은 어디 있나요?"

노형진은 혹시나 하는 마음에 물었다.

결제를 위란이 했다면 혹시나 매장에 증거가 남아 있을지도 모르니까.

"아, 서울시 강남구요."

"강남이라……. 집 근처 매장을 이용한 건가?"

"아…… 거기 마지막 기록을 보면…… 음, 오래돼서 CCTV 같은 건 없을 것 같은데요."

그런 거라면 더 이상의 추적은 불가능하다. 노형진은 자신도 모르게 긴 한숨을 내쉬었다.

'이거 역시 무리인가?'

마음 같아서는 딱 붙어서 기억이라도 읽어 내고 싶지만, 애석하게도 이미 메이우와 위란의 주변에는 수십 명의 경호원이 지키고 있어서 이제는 그것도 불가능하다.

"어? 그러고 보니 아닌 게 하나 있네요."

"아닌 게 하나 있다고요?"

"네. 택배로 물건을 받은 적이 있네요."

"택배요? 온라인 배송은 안 하지 않나요?"

"아, 물론 그런데요, 배송 자체를 안 하지는 않습니다. 별도의 부탁이 있으면 택배로 보내 주기도 합니다. 다만 택배비는 착불이고요."

"아!"

확실히 착불이면 사랑의 가게 입장에서는 부담이 덜하다.

"그런데 주소를 한번 바꿨네요."

"바꿨다고요? 그러면 주소를 잘못 써넣었단 말인가요?"

"그런가 봅니다. 주문하고 20분도 지나지 않아서 수정했는데……."

"아니, 왜?"

직원의 말에 오광훈은 고개를 갸웃했다.

주소를 잘못 써넣는 경우는 드물다. 자기 집 말고 자주 쓰는 곳이라면 모를까, 미치지 않고서야 자신들이 살인하는 곳으로 물건을 배송시키지는 않을 테니까.

"글쎄요. 그야 모르지요."

영문을 알 리 없는 직원은 그저 고개를 갸웃할 뿐이었다.

그렇다고 함정이라고 생각하기에는 말도 안 되는 게, 누가 자신들이 잡힐 걸 감안하면서 함정을 판단 말인가?

"흠…… 잠시만 위치를 확인해 보자."

노형진은 핸드폰을 들어서 그곳의 위치를 확인했다. 그리고 눈을 찡그렸다.

"뭐야? 아무것도 없는데?"

"여기다 왜 배송시켜?"

로드 뷰를 통해 주소를 확인해 봤지만 그냥 고속도로 한복판이었다. 집이나 건물이 있기는커녕 심지어 휴게소 근처도 아니다.

말 그대로 차량들이 쌩쌩 달리는 고속도로 한복판.

"왜 이런 곳의 주소를 넣었지?"

직원도 이해가 안 간다는 듯 고개를 갸웃했다.

그때 노형진은 문득 한 가지 가능성을 떠올렸다.

"위란의 핸드폰이 뭐지?"

"뜬금없이 그건 왜?"

"아니, 한 가지 가능성이 있어서 그래. 뭐야?"

"모르는데. 재물 손괴로 핸드폰을 압수하는 건 아니잖아."

"그런가? 하긴, 뭐 상관없지 싶네."

"그런데 그건 왜?"

"아마 주문하다가 실수로 현재 위치 설정을 누른 게 아닐까 싶어서."

"현재 위치 설정?"

"그래. 주소를 다 직접 입력하지는 않잖아?"

요즘은 기술이 발달해서 핸드폰의 위치를 추적해서 제공하는 기능이 지원된다. 그로 인해 주문할 때 현재 위치로 설정하면 주문자의 현재 위치가 주문서에 입력된다.

직접 주소를 입력할 필요 없이 자동으로 주소가 입력되니 거기에다가 동호수 정도만 추가하면 되는 거다.

"핸드폰을 바꾸거나 초기화했다면 기존에 등록했던 주소들은 사라지겠지."

"아!"

그런 상황에서 무심코 현재 위치 설정으로 주문했다면 뜬금없는 주소가 뜰 수도 있다.

"그런데 왜 뜬금없이 고속도로? 집이 아니고?"

"그곳으로 이동하는 중이 아니었을까?"

"그곳? 아, 현장 말이지?"

물론 다른 곳으로 가다가 주문했을 가능성도 크다.

하지만 애초에 상품이 아이들을 마지막으로 꾸미기 위한 옷. 그렇다면 최종적으로 죽이기 직전에 옷을 구매한다고 봐야 한다.

"고속도로를 타고 가면서 주문한 거라면 이해가 가지."

고속도로라고 해서 주소가 없는 건 아니니까.

"하지만 어딘지 알고?"

"20분 안에 내릴 수 있는 톨게이트겠지."

바로 알았다면 바로 수정했을 것이다. 하지만 수정은 20분 있다가 이루어졌다.

그 말은 고속도로에서 내렸거나, 다른 이유로 핸드폰을 확인하기 위해 열었다가 잘못 주문된 걸 확인했다는 의미다.

그리고 그건 최초 주문지에서 20분 거리 내에 현장이 있을 가능성이 아주 크다는 뜻이 된다.

"아마 그 전에 톨게이트에서 내렸겠지."

"그 전에 도착할 수 있는 톨게이트는······."

단 하나, 덕유산 톨게이트뿐이다.

덕유산 톨게이트까지의 거리는 대략 5분. 그렇다면 남은 건 10~15분 정도.

"그리고 차량으로 10분이나 15분 정도 거리에 있는 어떤 공간이라는 건데."

"쉽지 않네."

오광훈은 덕유산 톨게이트를 중심으로 10분에서 15분 정도 되는 거리를 측정하려다가 포기했다. 그럴 수밖에 없는 게, 속도를 모르니까.

시내 도로를 타느냐, 국도를 타느냐, 아니면 산길을 타느냐에 따라 거리가 달라진다.

더군다나 이 10분에서 15분이라는 시간도 확실한 게 아니다.

주소가 변경된 시점이라는 거지 딱 그때에 도착했다는 증거는 안 된다.

"그러면 추적을 어떻게…… 아! 그래! 수도! 수도를 추적하자!"

오광훈은 자랑스럽게 외쳤다, 마치 자신도 배운 것이 있다는 것처럼.

"수도?"

"버려진 곳을 쓸 거 아냐? 그리고 희생된 아이들을 씻기는 게 위란의 시그니처라면서? 그러면 당연히 물이 나오는 버려진 장소를 추적하면 되는 거지!"

노형진은 그 말에 살짝 놀라면서도 약간은 안타까운 표정이 되고 말았다.

당연하게도 오광훈에게는 그런 노형진의 표정이 심히 마음에 안 들 수밖에 없었다.

"니미 씨부럴. 또 뭐가 문제인데?"

"아니, 네가 발전하는 것에 감동을 느끼기는 하는데……
한 가지 문제가 있어."

"뭔데?"

"이런 시골은 지하수를 쓸걸."

수도를 쓴다는 건 기본적으로 상하수도 시설이 있다는 의
미다.

그런데 현실적으로 사람이 잘 살지 않는, 뚝 떨어진 장소까
지 상하수도 시설을 깔아 주는 데에는 명확한 한계가 있다.

대도시나, 하다못해 어느 정도 규모의 마을은 되어야 수도
가 들어가지 뚝 떨어진 곳에는 수도를 깔기 어렵다.

"그런데 살인을 사람이 많은 곳에서 할 것 같지는 않은데.
그리고 톨게이트가 덕유산 톨게이트라며? 그 주변이면……
음…… 다 산이지 싶은데?"

"으익! 씨부럴."

좋은 아이디어가 생각났다고 좋아하던 오광훈은 실망스러
운 눈치였다.

"덕유산 쪽에는 CCTV도 없을 텐데."

도심도 아니고 산속에 CCTV를 설치할 이유가 없으니까.

"아닐걸. 생각보다 그쪽은 CCTV가 많을 거야."

"웅? 무슨 소리야? 산에다가 왜 CCTV를 설치해?"

"반대로 생각해 봐. 산에다가 왜 뜬금없이 고속도로와 톨

게이트를 놓았겠냐?"

"응?"

"거기가 생각보다 유명한 관광지야."

덕유산 톨게이트 주변에는 리조트를 비롯한 유명한 겨울 관광지가 많다. 가장 대표적인 곳이 무조리조트다.

그리고 현실적으로 리조트라는 곳 자체가 지형의 영향을 많이 받는다.

즉, 덕유산 톨게이트 주변이 그런 리조트가 생기기 좋은 곳이라는 소리다.

그 덕에 차량의 통행이 많아 CCTV 또한 생각보다 많다.

"그렇다면?"

"그런 곳으로 가는 방향은 당연히 피하려고 하겠지."

그런 곳은 사람들이 많을 테니까.

"그래도 여전히 넓은데. 더군다나 영장도 없는 상황에서 남의 땅을 마음대로 파고 다닐 수는 없잖아."

현실적으로 그게 문제다.

아무리 검찰이 조사하고 싶다고 해도 남의 땅에 들어가는 건 전혀 다른 문제니까.

어찌어찌 들어간다고 해도, 현행법상 법률에 근거하지 않고 무단으로 들어가서 조사한 증거는 증거능력이 상실된다.

즉, 까딱 잘못하면 증거를 찾아도 인정되지 않아 메이우와 위란을 풀어 줘야 할지도 모른다는 거다.

이것이 법이다

"그렇다고 해서 나중에 다시 그 증거를 얻을 수 있을는지 알 수도 없고."

한 개의 결정적 증거가 효과를 상실했을 때 다른 증거를 얻지 못하면 결국 메이우와 위란이 아무런 처벌도 받지 않고 한국을 유유히 떠나는 걸 지켜봐야 할 것이다.

"그러면 못 찾는 거야?"

"못 찾지는 않지. 내가 말했잖아, 지하수가 나올 거라고."

"그래서?"

"지하수가 땅만 파면 나오는 게 아니거든."

사실 지하를 파서 물을 뽑아내는 건 전문 업체의 도움을 받아야 한다.

"그리고 그걸 멀리서 불러오겠어?"

"아!"

그 지역에는 지하수 개발 전문 업체들이 있다. 하지만 그 수는 많지 않다.

애초에 지하수를 개발하는 업체가 적기도 하거니와, 그런 관정을 파는 장비가 어마어마한 고가이기 때문이다.

"그곳에 물어보자고. 의심스러운 곳이 있나."

⚖

"의심스러운 곳요?"

"네."

"뭐, 의심스럽다면 다 의심스러운데……."

"음…… 전기가 들어오지 않는 곳에 파 달라고 한 곳이면 될 것 같네요."

"전기? 아, 하긴, 그건 그러네."

업체의 주인은 고개를 끄덕거렸고 오광훈은 고개를 갸웃했다.

"전기?"

오광훈은 목소리를 낮춰서 물었다.

"야, 수도는 아니라면서 전기는 뭐야?"

"너는 관정을 파서 두레박으로 물을 퍼 올릴래?"

"아……."

당연히 그런 곳들은 펌프를 이용해서 물을 퍼 올려야 한다.

문제는 펌프를 전기로 돌린다는 거다.

"수도? 안 깔렸을 수 있지. 하지만 전기가 안 들어가면 그걸 어떻게 돌리겠어?"

당연히 아무리 외진 곳이라고 해도 관정을 팔 정도가 되면 전기가 들어온다는 전제가 필요하다.

그렇지 않다면 그 펌프 하나를 쓰기 위해 휴대용 발전기를 설치해야 하는데, 이 휴대용 발전기라는 물건이 생각보다 기름도 많이 먹고 결정적으로 제법 시끄럽다.

그 때문에 일반적으로 생활하는 곳에 설치할 만한 물건은 아니다.

"전기가 안 들어오는 곳에 우리가 관정을 판 적이 있었나?"

사장이 직원에게 묻자 직원은 한참을 고민하다가 소리쳤다.

"아, 4년 전인가? 진짜 뜬금없는 곳에 관정 하나 판 적 있지 않아요?"

"뜬금없는 곳?"

"그, 캠핑카 두고 살던 곳 있잖아요."

"캠핑카? 아, 카라반 말하는 거지? 얌마, 그렇게 말하면 헷갈리잖아. 두 개는 다른 거야."

"아니, 일단 그렇다고요."

"기억나네."

4년 전. 카라반을 두고 관정을 판 집이 있었다고 한다.

이게 왜 특이한 거냐면, 기본적으로 카라반은 이동형 주택이기 때문이다.

즉, 끌고 다니면서 그 안에서 숙식을 해결하는 물건이라는 특성상 관정이라는 건 필요가 없다. 그냥 생수를 가지고 다니는 게 더 효율적이니까.

물론 아주 주차시키고 거기에서 살 수도 있겠지만 그럴 거라면 차라리 주거용 컨테이너를 사는 게 훨씬 이득이다.

카라반 자체가 주거용 컨테이너보다 훨씬 비싸니까.

"혹시 어딘지 알 수 있을까요?"

"거기 어디였지?"

"우대공리요."

"우대공리? 아, 거기 이제 사는 사람 거의 없지 않냐?"

"사장님, 벌써 치매 와요? 그때도 뭐 이런 곳에서 사냐고 몇 번이나 그랬으면서."

"그랬나?"

직원의 말에 따르면 우대공리는 완전히 사라져 버린 마을이라고 한다.

한때 사람들이 살던 작은 동네가 있었지만, 6년 전 마지막 주인이 사망하면서 동네 자체가 완전히 폐쇄되어 버린 곳이라는 것.

"그런 곳이라면 전기는 들어갈 텐데요?"

미래가 어찌 될지 모르기 때문에 일단 설치된 전기선은 대개 철거하지 않는 게 일반적이다.

사람이 없다는 것과 전기가 공급되지 않는 건 다른 문제다.

"아, 그래서 이상하다고 생각한 거죠."

조용한 사람들이 우대공리에서 조용히 살고 싶다면 빈집을 활용하면 된다.

오래되고 낙후되긴 했다지만 그중에는 제법 그럴듯한 집

도 있었기 때문이다.

　물론 오래 버려졌던 곳인 만큼 당연히 리모델링은 해야 할 테지만 말이다.

　"그런데 굳이 그곳이 아니라 더 안쪽에, 사람들이 거의 안 가는 곳에 자리를 잡는다는 건 말이 안 되죠. 거기는 일반 차로는 들어가지도 못해요."

　트럭이나 험지 주행용 험비 같은 게 하나 있어야 한다.

　"험비라……. 그 새끼들, 민수용 험비 하나 있지 않았냐?"

　노형진이 돌아보면서 바라보면서 묻자 오광훈은 고개를 끄덕거렸다.

　"확실히 민수용 험비가 하나 있었지."

　"제대로 잡은 것 같은데?"

　목표가 숨은 곳이 거의 코앞으로 다가왔다.

⚖️

　우대공리 안쪽에 있는 산속. 그곳은 진짜 사람들이 거의 모르는 곳이었다.

　들어가는 길조차도 무성하게 자란 풀숲에 가려져서 거의 보이지도 않는 수준이었다.

　"이 정도니까 험비나 들어오지."

　이런 풀들 때문에 차고가 높지 않으면 주행 자체가 거의 불가능할 정도였다.

"이곳이란 말이지."

노형진은 주변을 둘러봤다.

산속에 감춰진 카라반. 그리고 한구석에 있는 수도.

"야, 지금 증거를 수집하면 안 된다면서?"

"증거만 수집하지 않으면 되는 거지. 누가 뭐라고 할 거야?"

증거를 수집하면 불법이다. 하지만 몰래 들어와서 안을 확인하고 나중에 영장을 청구하는 건 어쩔 건가?

"애초에 차단할 만한 것도 없는데."

"그건 그런데……."

오광훈은 떨떠름하게 말하면서 주변을 둘러봤다. 그리고 눈을 찡그렸다.

"이건 답이 없어 보이는데. 풀만 가득하잖아."

"요즘은 관리하지 않으면 풀이 엄청 빠르게 자라니까."

"군대에서 왜 제초 작업을 하는데?"

"아, 맞다. 넌 미필이지. 운도 좋아요, 하여간."

누구는 군대를 두 번이나 갔는데, 누구는 군대 근처에도 안 갔다.

"그나저나 여기가 맞을까? 명의가 일본 놈인데?"

"난 그래서 맞다고 생각한다. 어떤 일본 놈이 이런 땅을 사냐?"

한국에 정착한다고 해도 도심지에 땅을 사지, 이런 산속의 땅을 살 사람은 없다.

　"더군다나 농사라도 지을 거면 이해라도 하지. 여기는 농사도 못 지어."

　물론 지으려면 지을 수는 있다.

　하지만 농지가 아니라 산이다. 당연히 지어 봐야 작은 텃밭 정도이지, 한국까지 와서 농사지을 만큼 큰 땅은 아니다.

　"나름 머리 쓴 것 같은데. 누가 의심하겠어?"

　일본인 명의로 산다면 누가 여기에 자신들이 있으리라 의심하겠는가?

　"일본 놈이 사는 거 아니고?"

　"아닐걸."

　노형진은 이리저리 둘러보다가 쓰레기를 모아 둔 곳으로 가서 뒤적거리더니 오광훈을 불렀다. 그리고 피식 웃었다.

　"일본 놈이 이런 거 먹겠어?"

　거기에 있는 것들은 인스턴트 쓰레기였다.

　그런데 대부분이 중국 음식이었다.

　물론 다른 나라의 음식을 좋아하는 사람이 없는 것은 아니다. 마라탕을 좋아하는 한국인도 얼마든지 있으니까.

　하지만 그가 마라탕을 좋아한다고 해서 컵라면까지 중국산만 좋아할 가능성은 높지 않다.

　"확실히 의심스러운데."

오광훈은 주변을 두리번거렸다.

하지만 여전히 그곳에서 살인이 이루어졌다는 걸 증명할 방법은 없었다.

"여기에 국과수를 부르면 좋은데."

문제는 국과수를 부르기 위해서는 그만한 근거가 있어야 한다는 거다.

그러나 여기는 위치가 이상하기는 하지만 국과수를 부를 만큼 살인이나 다른 범죄 사건과 관련이 있다는 명확한 증거는 없다.

그냥 '의심되니까 일단 오세요.'라고 하기에는, 국과수의 업무량은 이미 포화 상태다.

"문을 부수고 들어갈까?"

오광훈은 카라반을 노려보면서 말했다.

"그랬다가는 나중에 처벌 못 한다."

"아, 씁. 그러면 어쩌라는 거야? 증거가 있어야……."

오광훈은 툴툴거리다가 문득 어떤 생각을 떠올렸다.

그는 갑자기 온갖 잡동사니가 쌓여 있는 곳을 뒤적거리기 시작했다.

"뭐 해?"

"아니, 갑자기 네가 했던 말이 생각나서……. 아! 찾았다!"

그가 꺼내 든 것은 기다란 호스였다.

"그걸로 뭘 하게?"

"아니, 네가 그랬잖아, 애들을 씻겨서 데려다 놨다고 그런데 카라반 앞에서는 못 씻기지 않겠어?"

"하긴, 그렇겠네."

아무리 음습한 위치라지만 카라반 앞은 누가 올라오면 바로 보이는 위치다. 아무리 대담하다고 해도 이런 위치는 피하는 게 바로 사람이다.

"그러니까 지하수에서 물을 끌어오겠지."

그리고 그 위치는 아마도 이 고무호스가 닿는 곳일 것이다.

오광훈은 그 호스의 대략적인 길이를 보고 의심스러운 위치를 찾기 시작했다.

그는 곧 다른 곳보다는 좀 평평한 땅을 찾아냈다. 정확하게는, 바닥을 콘크리트로 타설을 해 둔 곳이었다.

"어떻게 생각해?"

"옛날에 시골에 가면 이런 식의 수돗가가 있었지."

노형진의 질문에 오광훈은 자신 있게 말했다.

"거리도 그렇고, 여기서 애들을 씻긴 것 같은데."

각도가, 누군가가 올라오더라도 카라반에 걸려서 안 보이는 뒤쪽이다.

더군다나 바로 옆은 숲이다. 무슨 일이 있다면 바로 숲으로 시신을 옮겨서 감출 수 있는 위치라는 거다.

"그런데 왜 여기에 안 하고 저기에서 뚫은 거야?"

"호스는 옮길 수 있지만 수맥을 옮길 수는 없으니까."

일단 의심스러운 장소는 찾아냈다. 하지만 그래도 여전히 증거라고 할 만한 것은 없었다.

"그렇다면……."

노형진은 주변을 스윽 둘러봤다. 그리고 좀 떨어진 비탈에서 오광훈을 불렀다.

"버려진 쓰레기는 증거가 될 수 있지. 법적으로 문제는 없어."

"그게 무슨 소리야? 어? 이건 머리카락?"

"물이 흐르면 물길이 생기기 마련이지."

그리고 그런 오물들은 자연스럽게 비탈길을 타고 아래로 내려간다.

"이 바닥은 흙바닥이라 물을 빨아 먹지만 말이지, 머리카락은 아니야."

당연히 흘러오다가 한곳에서 뭉치게 된다.

욕실에서 수챗구멍에 머리카락이 걸리듯이 말이다.

"전에도 말했다시피 이런 놈들은 똑똑한 척은 엄청 하는데 은근히 허술한 부분이 있거든."

그리고 그게 바로 이 부분이다.

머리카락은 버려진 거니 불법적인 증거 수집을 하는 게 아니다.

"오호?"

오광훈은 그 머리카락을 보면서 눈을 반짝거렸다.

사망한 아이들의 유전자는 이미 확보되었다. 자신들은 그걸 대조만 하면 되는 거다.

"과연, 도망갈 수 있을까?"

오광훈은 자신이 있었다.

머리카락의 유전자 검사는 어렵지 않게 했다.

그리고 그 결과, 그 안에 사망한 아이들의 머리카락과 더불어 아직 발견하지 못한 아이들의 머리카락까지 섞여 있다는 것이 확인되었다. 당연하게도 그건 영장을 청구할 수 있는 확실한 증거가 되었다.

"부숴!"

확실한 증거가 나왔기에 영장은 어렵지 않게 나왔다.

오광훈은 영장 판사 사무실 앞에서 아예 죽치고 있다가 받자마자 바로 카라반으로 내달렸다. 그리고 강제로 문을 따고 안으로 들어갔다.

애초에 사람이 없다는 걸 아니까 부담은 없었다.

"이상 무!"

문을 부수고 들어가서 주변을 살펴보니 작은 카라반 안은 이런저런 물건으로 가득 차 있었다.

"별건 없어 보이는데."

주변을 뒤적거리는 사람들.

그들은 이 안에서 뭐라도 나오기를 기대했다. 그러다 천장에 설치된 고정형 찬장을 연 그들은 자신도 모르게 이를 뿌드득 갈았다.

"이런 미친 새끼들."

한 짝씩만 있는 삼십여 개의 신발들.

마치 주인을 잃어버린 신발을 모아 둔 것처럼, 신발들은 가지런하게 찬장에 전시되어 있었다.

"오 검사님…… 이거 맞죠?"

"맞네. 시그니처야."

그동안 한 짝씩만 올라가 있던 신발의 나머지 한 짝. 그게 모조리 여기에 있는 거다.

"싹 다 뒤져. 뭐라도 더 나올 때까지, 싹 다 뒤져!"

오광훈은 눈을 번뜩거렸다.

⚖

오광훈이 수색을 마치고 검찰청으로 돌아왔을 때 그들을

맞이한 것은 반갑지 않은 사람들이었다.

"자네가 오광훈 검사인가?"

"그렇습니다만, 무슨 일이시죠?"

손하균. 엉덩이 무거운 그가 오광훈을 기다리고 있었다.

"자네에게 오해가 있을까 해서 왔다네."

"오해?"

"그래, 오해."

"무슨 오해 말씀이십니까?"

"우대공리에 갔다 왔다면서?"

오광훈은 그 말에 눈을 찡그렸다.

그는 영장을 받기 무섭게 바로 튀어 나갔다. 당연히 누구에게도 말하지 않았다.

지금 그곳에 대해 아는 건 검찰 상부와 법원 그리고 국과수 정도다.

"그래서요?"

물론 손하균이 메이우와 위란의 변호사인 건 안다. 그래서 그가 그 사건으로 왔다는 것도 어렵지 않게 추측할 수 있었다.

하지만 이후 손하균의 입에서 나온 말은 생각도 못 한 것이었다.

"우리 의뢰인들이 친구의 초대를 받아서 현장에 간 적이 있다네."

"초대? 지금 초대라고 했습니까?"

"그래. 오노 다츠키라고 한다네. 그 땅의 주인 말이야."

"이이익!"

맞다. 그 땅의 주인은 오노 다츠키다. 그리고 그는 일본에서 산다.

"우리 의뢰인이 조용히 있기를 원할 때 친구한테 이야기해서 거기를 몇 번 빌렸다네."

"그래서요?"

"그래서는 무슨 그래서인가? 그걸 가지고 혹시나 우리 의뢰인에게 엉뚱한 죄명을 뒤집어씌우지 말라는 거지."

"그게 말이 됩니까? 우리는 제대로 조사할 겁니다."

"누가 조사하지 말라고 했나? 우리는 최대한 협조할 거야. 하지만 그 땅의 주인인 오노 다츠키에게 죄를 물어야지, 단순 손님이었던 우리 의뢰인을 들쑤시지는 말라는 소리야."

"그게 말이 됩니까? 거기에서 뭐가 나올 줄 알고!"

"아마도…… 우리 고객님들의 유전자 정보가 나오겠지."

히죽거리면서 웃는 손하균.

"머리카락이나 피부의 일부 또는 지문 같은 게 나올 수도 있지. 오노 다츠키가 깔끔한 타입은 아니거든."

"그러면 당연히 수사 대상입니다."

"정확하게 말하면 말이지, 그건 우리 의뢰인이 거기에 있었다는 증거일 뿐이지 살인에 개입했다는 증거는 아니란 말이야."

씩 웃으며 말하는 손하균.

그 비열한 비웃음에 오광훈은 속에서 열불이 났다.

"그러니까 메이우와 위란을 풀어 주겠다 이겁니까?"

"풀어 준다니, 그게 무슨 말인가? 나는 두 분의 억울함을 풀어 줄 뿐이야. 그게 변호사가 할 일이지. 안 그런가? 자네의 잘난 친구인 노형진 변호사가 알려 주지 않던가?"

"이이익……!"

"그러니까 너무 무리하게 기소하지 말라고 조언 차 온 거야. 우리는 최선을 다해서 수사에 협조하지."

그렇게 말하면서 오광훈의 어깨를 툭툭 치는 손하균.

"자네 친구에게 말하면 아마 잘 설명해 줄 거야, 하하하."

그러고는 기분 나쁜 웃음을 흘리며 떠나갔다.

홀로 남은 오광훈의 입에서 분노에 찬 고함이 터져 나왔다.

"이런 씨팔!"

⚖

"그쪽이다 이건가?"

당장 노형진에게 찾아간 오광훈은 씩씩대며 상황을 설명했다. 하지만 노형진은 그다지 놀랍지도 않다는 표정이었다.

"그쪽이라니?"

"아니, 어떻게 방어할지 생각은 해 봤지. 그런데 이렇게 뻔한 말을 할 줄은 몰랐네."

"뻔해? 지금 이게 뻔하다고?"

"그래. 아마 그의 말이 맞을 거야."

분명 그 안에서 메이우와 위란의 유전자와 지문이 나올 거다. 그걸 추측하는 건 어렵지 않다.

메이우와 위란은 가정부를 시켜서 집을 청소하는 인간들이다. 그런 인간들이 카라반을 꼼꼼하게 청소할 리가 없으니까.

"그런데 초대되어 간 거라고 이야기한다면 답은 나와 있다는 거지."

"미친! 그러면 뭐야? 술을 마시고 운전은 했지만 음주 운전은 안 했다, 뭐 그런 거야?"

"뭐, 비슷해."

현장에 간 것은 맞고, 그들의 유전자가 있을 것도 당연하다. 하지만 그곳에서 살인이 저질러졌던 건 몰랐다.

그게 손하균과 태양의 방어 방식이라는 거다.

"아니, 그런 걸 누가 믿느냐고."

"애석하게도 그걸 믿는 건 말이지…… 판사의 결정에 달렸어."

"뭐?"

"너도 알잖아. 판사에게는 증거의 선택권이 있어."

누군가 진술 과정에서 사실이나 거짓을 말했을 때 어느 쪽을 믿을지는 판사의 재량권에 달렸다.

"일반적인 사건이라면, 정황증거라고 해도 상대방에서 뭐라고 하지 못하겠지."

말이 정황증거지 확실하게 살인으로 엮을 수 있을 것이다.

"하지만 항진이라면? 글쎄다."

아마도 재판부는 손하균이 주장하는, 친구 집에 놀러 갔다는 증언을 받아들여 줄 가능성이 아주 크다.

"일단 직접증거가 전혀 없는 상황이니까."

살인의 장면이 찍혀 있는 것도, 시신에서 유전자나 지문이 발견된 것도 아니다.

"전에도 말했지만 결국 법이라는 건 가능성을 가지고 싸우는 과정이거든."

그런데 이 상황은 이미 재판부에서 어떠한 결과를 선택할지 결정하고 재판에 들어가는 상황이다.

"닝기미."

오광훈은 눈을 찡그렸다.

"뭐야? 그러면 이걸 어떻게 할 수가 없다는 거야? 그냥 그뭐냐, 언플! 그래, 그런 거 못 해?"

노형진은 그 말에 고개를 좌우로 흔들었다.

"그건 힘들어. 검찰에 의한 수사 사항 공개는 상당한 위법 사항이야."

물론 과거에는 검찰에서 아주 대놓고 무시했다.

검찰의 기소독점주의 때문에 위법행위인 수사 사항 공개를 처벌하기 위해서는 황당하게도 검찰이 자신을 스스로 기소해야 하기 때문이다.

하지만 검찰이 미치지 않고서야 자신을 기소하겠는가?

당연하게도 검찰에서는 기소하지 않고, 대놓고 언론에 수사 자료를 뿌리면서 정치적으로 누군가를 매장하거나 보복하는 용도로 사용했다.

"하지만 이제 경찰 내부에 검찰 전담 수사 팀이 있잖아. 공수처도 생겼고."

법이 바뀌면서 검찰을 대상으로 한 수사 집단이 두 곳이나 생겼다.

공수처 같은 곳이야 애초에 공무원을 대상으로 하는 수사처이니 기소권이 있고, 경찰 내부의 검찰 전담 수사 팀 역시 검찰에 대해서는 기소권을 가지고 있다.

"안 그래도 너 적이 많다. 네가 그런 걸 하면 아마 네 적들이 그걸 가지고 널 신나게 씹어 버릴걸."

"니미? 씨부릴! 그러면 넌?"

"그것도 안 되지. 다른 사건이라면 모를까."

검찰에서 내부 규칙을 바꿔 외부에서 자문을 받는 것을 허용했다고 해서 모든 것이 다 좋게 바뀐 건 아니다.

정확하게는, 그럼에도 불구하고 그들은 외부의 자문에게

재갈을 물리고 싶어 했다.

물론 완전히 잘못된 것은 아니다. 그들은 판단 권한이 없는, 자문일 뿐이니까.

"하지만 자문을 줬는데 서로 의견이 다르면 사이가 틀어지잖아."

그리고 그런 경우에 언론 플레이 등을 통해 자기들 마음대로 수사 방향을 바꾸려고 할 수도 있는 일이다.

그 때문에 검찰에서 자문을 구한 사건의 수사에 관련해서 자문해 준 단체나 개인이 언론을 통해 정보를 공개하는 건 원천 차단되어 있다.

"몰래 할 수도 있잖아."

"물론 몰래 할 수야 있겠지. 안 걸릴 수도 있을 거야. 하지만 말이야, 솔직히 말해서 언론에서 그걸 기사화할까?"

"뭐?"

"언론에 거짓말하지 말라고 했지 기사 작성 권한까지 빼앗은 건 아니잖아."

"아…….'"

항진 인더스트리는 현재 한국의 반도체 제작에 필요한 특수 물질을 전량 공급하는 절대 갑이다.

당연히 이 사건이 외부에 공개된다면 항진이 반도체 기업을 통해 압박을 가할 건 당연한 일.

"그 반도체 기업이 어디인지 너도 알잖아?"

한국의 내로라하는 대기업이고, 언론이 상대적으로 깨끗
해졌다고는 해도 대기업 눈치 보기는 있을 수밖에 없었다.

정확하게 표현하자면 전보다 더 눈치를 본다.

전에는 언론에서 그래도 언론의자유를 무기로 꿈틀이라도
해 보았는데, 법이 바뀌고 근거가 없는 주장이나 허위 사실
로 대기업을 공격하지 못하게 되면서 상대적으로 을의 처지
로 내려앉았기 때문이다.

"뭐야? 그러면 언론에서도 안 나갈 거다, 이거야?"

"현실적으로 본다면 그렇겠지."

"이런 씨팔."

오광훈은 화가 나서 부들부들 떨었다.

그런 거라면 답이 없지 않나?

"너도 못 하나?"

물론 방법이 없는 건 아니다.

아무리 기업이 강하다고 해도 노형진은 더 강하다.

사실 노형진이 원한다면 투자를 진행해서 인도에 해당 물
질 생산 공장을 세운다거나 한국에서 직접 생산하는 것도 가
능하다.

노형진이 원한다면 해당 기업의 사장이나 대표를 바꾸는 것
도 불가능한 일은 아니기에 그들은 알아서 길 수밖에 없다.

그런데 노형진의 말은 예상을 뛰어넘었다.

"내가 왜?"

"뭐? 왜냐니? 무슨 소리야? 너는 이번 사건에 대해 화도 안 나?"

"화? 나지. 엄청 나지. 지금 벌어지는 꼬라지를 보면 죽여 버리고 싶지."

"그런데 왜 그냥 있겠다는 거야?"

"그냥 있겠다는 소리는 아니야. 그 회사들에 압력을 행사하지 않겠다는 거지."

"그러니까 왜?"

오광훈이 화를 내자 노형진은 차분하게 말했다.

"말했잖아, 죽여 버리고 싶다고."

"그런데 이대로는 도망가잖아!"

"도망이야 가겠지. 하지만 한국에 있으면 못 죽이는걸."

"뭐?"

오광훈은 그 말이 이해가 안 가는지 노형진을 멍하니 바라보기만 했다.

"뭔 생각이야, 너 지금?"

"간단해. 죽이고 싶어. 그러니까 죽일 거야."

노형진은 누군가를 죽인다는 말을 거의 하지 않는다.

물론 필요에 따라서는 극단적으로 몰아붙여서 자살시키는 방법을 쓰기도 하지만, 그렇다고 해서 입에 죽여 버린다는 말을 담지는 않았다.

그런데 지금 말을 들어 보면, 이건 단순히 말로 죽여 버리고 싶다는 수준이 아니라 진짜로 죽일 셈인 듯했다.

"한국에서는 그 새끼들 못 죽여. 그래서 한국에 둘 생각이 없어."

"한국에서는 왜…… 아, 그랬지. 씨팔."

한국은 실질적인 사형 폐지국이다.

백 명을 죽여도 천 명을 죽여도, 쿠데타로 십만 단위를 죽여도 사형되지는 않는다.

당장 쿠데타의 수괴이자 수많은 사람들을 다치게 하고 국가 전복 혐의까지 있는 홍안수 전 대통령조차도 사형을 언도받았지만 감옥에서 편하게 먹고산다.

"너도 알다시피 한국의 감옥은 굉장히 편해. 너무 편해서, 돈만 있다면 뭐든 다 할 수 있지. 성화 사건에서 보다시피 말이지."

돈만 있으면 감옥에서 온갖 호화스러운 밥을 먹고 담배도 피우고, 필요하다면 변호사를 시켜서 뭐든 들여올 수 있다.

"솔직히 말하면 사형이 나오기도 힘들 거야."

법은 준엄하고 공정해야 한다. 하지만 애석하게도 그렇지 않다.

힘이 있다면 법을 무시해도 보복할 방법이 없는 게 대한민국의 현실이다.

"그러니까 중국으로 보내야지."

"그래서? 그래서 복수는?"

"우리가 죽이지 않는다고 해서 복수가 아닌 건 아니지."

사실 아이가 죽었다면 부모가 원하는 건 살인범의 죽음일 것이다.

하지만 한국에서는 절대 들어줄 수가 없다.

"하지만 중국에 가면 풀려날 텐데."

"알아, 알지. 그건 나도 알지."

노형진은 고개를 끄덕거렸다.

메이우는 태자당에 들어가지 못했지만 어찌 되었건 부모는 태자당 소속이다.

그러니 분명 이 상태로 돌아가면 그냥 무죄로 풀려날 게 뻔하다.

"위란은? 메이우야 그렇다고 쳐. 위란도 풀려나? 그년은 증거 나왔잖아! 실명 썼고. 한국에서 처벌 못 해?"

"뭐, 위란이야 감옥에 보낼 수 있겠지. 하지만 물건을 산 게 죄가 되는 건 아니야. 그러니 아마 우연이 겹친 것뿐이라고 하겠지."

노형진은 어깨를 으쓱하며 말했다.

"그리고 위란의 집안도 만만한 집안은 아니라고. 조사해 보니까 메이우와 다르게 정치적인 파워는 없지만 자금력으로는 절대 빠지는 집안은 아니야. 그리고 메이우 집안에서 위란이 감옥에 가는 걸 지켜만 보겠어? 위란이 자기만 감옥에 갔다고 화나서 입을 나불거리면 메이우도 죽는데?"

"끄응."

결과적으로 한국에서 처벌하고 싶어도 현실적으로는 제대로 된 처벌을 할 수 있는 방법이 없다는 소리다.

"하지만 이 상태로 가지 않는다면 이야기가 달라지지."

노형진이 생각이 없어서 중국에서 의심스러운 사건을 확인하고도 그냥 방치하고 있는 게 아니다.

"생각을 바꿔 보자. 중국에서 이 사건이 공론화되면 어찌 될 것 같아?"

"그거야…… 어?"

공론화된다면? 아무리 태자당이라고 해도 절대 덮지 못한다.

"이미 중국에서는 해당 사건의 살인범이 누구인지에 대해 엄청나게 떠들고 있지. 그런데 말이지, 우연하게도 같은 방식에 같은 흔적을 남긴 살인마가 한국에서 잡혔네?"

우연히도 말이다. 아주 우연히 그 사실이 중국에 알려진다면?

"하지만 네가 정보를 공개하는 건 불법이라고 했잖아?"

"맞아. 언플을 한다면 그렇지. 그런데 해외에서 언플하는 게 누군지 어떻게 알아?"

"그거야……."

방법이 없다.

물론 의심은 할 수 있다. 할 수는 있는데…….

"아시다시피 법은 의심만으로는 처벌할 수 없지."

물론 국내 언론이라면 제보자가 누구인지 압력을 통해 알아낼 수 있을지도 모른다. 그러나 국내 언론이 아니라 중국 언론이라면?

"너도 알다시피 말이야, 중국의 언론은 관용이야. 중국 공산당의 통제를 받는 조직들이라고."

당연히 그들에게 정보를 내놓으라고 한국에서 요구해 봐야 그걸 줄 리가 없다.

도리어 내정간섭이라는 중국 측의 강력한 저항에 부딪히게 될 게 뻔하다.

"너…… 설마 처음부터 이걸 예상한 거야?"

"당연히 예상했지."

다른 곳도 아니고, 상대방은 한국 반도체 기업의 목숨 줄을 쥐고 있다.

물론 그들이 진짜로 해당 물질을 공급하지 않는다면 아마 한국의 기업들은 다른 해결책을 찾아낼 것이다.

마치 일본이 경제 전쟁을 일으켰을 때처럼 말이다.

"하지만 그렇다고 해서 그에 대비하는 동안에 발생할 피해가 없다고는 말 못 하지. 그리고 이 반도체라는 건 점유율이 중요하거든."

갑자기 반도체 점유율이 떨어지면 그걸 복구하는 데 얼마나 많은 노력이 필요할지 그리고 얼마나 많은 돈이 들어갈지 알 수가 없다.

"그러니까 우리는 어찌 되었건 항진 인더스트리와 척지면 안 된다는 거지. 물론 장기적으로 본다면 내가 항진 인더스트리를 대체할 수 있는 기업을 인도나 다른 곳에 세우겠지만."

하지만 중국처럼 기술을 훔쳐 오는 게 아닌 이상에야 당연히 그 기술을 사기 위해 협상도 해야 하고 배워야 하는 시간도 필요하고 공장을 세우는 시간도 걸린다.

즉, 아무리 못해도 3년은 꼼짝도 못 하고 질질 끌려다닌다는 거다.

"그러니까 욱해서 움직일 수는 없지."

"중국이라…… 중국……. 그래, 중국이란 말이지. 그런데 중국에서 이걸 알고 조사할까?"

"하게 될 거야."

노형진은 확신했다.

"모든 자료를 준다고는 하지 않았거든."

"뭐라고?"

중국에는 노형진과 손채림이 만들어 둔 정보 조직이 있다.

그들은 얼나이들과 접촉해서 중국의 주요 당직자들과 언론사들과의 관계를 유지하고 있었다.

그렇게 포섭된 한 남자, 중국의 대표적인 언론사인 우웨이시보의 편집장인 류오창은 자신을 접대하는 남자가 한 말에 다시 한번 물을 수밖에 없었다.

"그 범인 잡혔다니까요? 아니, 모르셨어요?"

"시에 살인마가 잡혔다고?"

시에는 신발을 뜻하는 중국어다. 그리고 중국에서는 아이들을 죽이고 전 희생자의 신발을 하나씩 두고 다니는 살인마를 시에 살인마, 즉 신발 살인마라고 부르고 있었다.

중국 정부가 한국을 까기 위해 신나게 떠들었기에 시에 살인마에 대해 모르는 사람은 없었다.

그런데 그 살인마가 잡혔다니?

"이런, 이런. 모르셨구나. 아니, 사실 잡힌 건 아닌데……."

말을 하던 남자는 슬쩍 입을 다물었다.

모든 것은 정보의 값어치가 있다. 그게 이 바닥의 룰이니까.

섣불리 떠들다가 정보를 줘 버리는 건 이런 정보원에게는 멍청한 짓이었다.

"자세하게 말해 봐."

"아니, 뭐…… 그렇다고요. 뭐…… 그런 소리가 있다고요."

"아니, 그러니까 말을 해 보라고!"

류오창은 화를 버럭 냈다. 그러자 정보원은 머리를 북북 긁었다.

"이런 거 맨입으로 하는 거 아닌데?"

"거참, 우리 사이에 이럴 거야? 어?"

"네…… 뭐…….."

어찌 되었건 여기서 권력이 강한 건 류오창이다.

정보원이야 원한다면 언제든 대체할 수 있다. 도리어 류오창같이 힘 좀 쓰는 공산당원에게 밉보이면 소리 소문 없이 사라질 수도 있기에 정보원은 머리를 긁적거리며 말했다.

"말 그대로예요. 잡힌 건 아니고 특정만 된 모양이더라고요."

"그런데 왜 한국 언론에서 안 터진 거야? 새로운 언론법 때문이야?"

"그건 아니고요."

"아니라고?"

"네."

"그러면 뭐야?"

"아, 이거 진짜 공짜로 할 말은 아닌데."

"정보료는 두둑하게 주도록 하지."

결국 류오창은 살살 말로 꼬드겼다.

물론 우웨이 시보에서 주는 정보료의 절반은 일단 자기 주머니에 챙기고 남은 걸 준다는 소리였다.

"하아…… 알겠습니다. 이거 비밀…… 아니지, 어차피 나가겠구나. 에이, 젠장. 두둑하게 줘요."

"말을 해 봐."

"이거 확실하지 않은 정보도 섞여 있다는 점은 알아 두시고요."

"뭔데?"

"살인범이 엄청나게 권력이 강한 집안이라나 봐요."

"뭐?"

그 말에 류오창은 귀를 쫑긋 세웠다.

"확실해?"

"일단 소문으로는 그래요. 그래서 한국 정부에서 덮으려고 혈안이 되어 있다고 하던데요."

"한국 정부에서?"

"정부뿐만 아니라 대기업들도 사건을 은닉하려고 난리가 났나 봐요."

"대기업?"

"네. 뭐, 재벌가 도련님쯤 되는 모양이더라고요."

그 말에 류오창은 관심이 확 생겼다.

안 그래도 당에서는 한국을 깔 수 있는 건 무조건 내놓으라고 성화였다. 그런데 한국 권력자 집안의 자식이 살인마라?

물론 한국 내부에서만 살인을 저지른 거라면 중국에서 욕은 할지언정 까는 데 한계가 명확하다.

하지만 중국에서도 희생된 아이들이 있다면 이야기가 달라진다.

그것도 한두 명이 아니고 무려 쉰 명이나 되는 아이들이 희생당했다.

지금 이 순간에도 피해 아동의 부모들은 공안 앞에서 범인을 잡아 달라고 울부짖고 있었다.

"이야기를 들어 보니까 한국에서도 한 서른 명쯤 죽였나 봐요."

"그걸 어떻게 알아?"

"그 새끼 방식이 그거잖습니까? 죽은 애들 신발 모아서 씻은 다음 곱게 놔두는 거."

"그렇지."

"그 새끼 아지트를 털었는데, 신발이 서른 개나 나왔답니다. 그리고 여기서 죽은 애들도 교살이라면서요? 한국에서 죽은 애들도 교살이랍니다. 그러면 뻔한 거죠, 뭐. 한국 중국 왔다 갔다 하면서 죽여 댄 거죠."

"미친."

같은 방식, 같은 결과 그리고 같은 시그니처.

그건 누가 뭐라고 해도 같은 범인이라는 뜻이다.

"진짜야?"

"아…… 이건 진짜니까 말하는 거죠. 내가 언제 거짓말하는 거 보셨습니까?"

정보원은 거기까지 말하다가 목소리를 낮췄다. 그리고 주변에 있던 여자들을 노려보면서 말했다.

"여기서 들은 거 어디서 나불거리지 마. 알간?"

"네."

서슬 퍼런 말에, 접대하던 여자들은 침을 꿀꺽 삼키면서 고개를 끄덕거렸다.

"그리고 이건 류오창 편집장님만 알고 계셔야 합니다. 이거 진짜 내부에서만 알고 있는 정보예요."

그 말에 류오창은 침을 꼴깍 삼켰다.

"뭔데? 말해 봐."

"아내도 살인범이래요."

"뭐?"

"살인한 놈이 한 놈이 아니라 두 연놈이고, 공범이라는 거죠."

"그으래?"

그런 거라면 더더욱 이슈를 끄는 데 도움이 된다.

당연하게도 한국 법의 후진성을 전 세계에 알릴 기회였다.

"그리고 이것도 불확실한 정보인데, 뭐 돌아가는 꼬라지를 보니까 사실이기는 한데 증거는 없는……. 무슨 말인지 아시죠?"

정보원의 말에 류오창은 고개를 끄덕거렸다.

"그래서 뭔데?"

"그 집안에서 이미 살인에 대해 알고 있었답니다."

"뭐?"

"변호사를 붙여 주고 대기업에 압력을 넣어 주고, 장난 아니랍니다. 소문으로는…… 죽일 아이들도 납치해다가 공급했다는 이야기도 있어요."

"미친! 그게 가능하다고?"

"그러니까 불확실한 정보라는 겁니다. 하지만 부부가 서른 명이나 납치해서 죽이는 동안 한 번도 안 걸렸다는 게 말이나 됩니까?"

그 말에 류오창의 귓가에는 그의 공을 치하하는 당의 목소리가 들려오는 듯했다.

"혹시 그거 말이야, 누구인지 알 수 있어?"

"저도 알고 싶은데 말이죠, 알 수가 없어요."

정보원은 말도 안 된다는 듯 고개를 흔들었다.

"진짜 철저하게 감추고 있더라고요. 얼마나 감춘 건지, 흔적도 없어요. 외부 공표가 철저하게 막혔어요."

물론 이건 사실이다.

다만 그건 노형진의 솜씨가 아니라 손하균의 솜씨였다.

손하균은 정보가 새어 나갈 수 있는 모든 통로를 틀어막아 둔 상황.

노형진이 원해서 일부 푼 것을 제외하고는 모든 것이 다 기밀이었다.

"다만 소문으로는, 손하균이라는 작자가 직접 움직인다고 하더라고요."

"그게 누군데?"

아무리 류오창이라고 해도 한국의 변호사의 이름을 알 리는 없었다. 그러나 다음 말에 그는 깜짝 놀랐다.

"변호사인데 중국으로 치면 영향력이 우보단 대인급이라고 하더라고요."

"뭐? 말도 안 되는 소리!"

우보단이 누구인가? 우보창이 일하는 우웨이 시보의 주인이자 공산당 핵심 인물 아닌가?

물론 국가에 속해서 공직에 있는 사람은 아니지만 외부적으로 본다면 어지간한 공직자보다 훨씬 강한 힘을 가진 자가 바로 우보단이다.

"말이 안 된다고 생각하기도 그렇잖아요? 편집장님도 아시다시피 다른 나라에 있는 권력자들의 이름을 다 아는 것도 아니고. 우보창 대인도 미국에서 본다면 그냥 사업가일 뿐이잖습니까?"

"하긴, 그렇지."

즉 그 나라 내부의 진실, 특히 감춰진 권력자에 대한 진실은 그렇게 쉽게 알 만한 게 아니라는 거다.

물론 정보 부서 같은 곳이라면 알겠지만 일개 기자가 알기에는 복잡한 게 정치니까.

"확실한 거야?"

"확실한 겁니다. 전 대통령 때 말입니다, 그때 사건을 싹 쓸어 간 게 그 손하균이 운영하는 회사라고 하더라고요."

"그래?"

그렇다면 믿을 만한 정보다. 그리고 류보창은 조금 더 확신이 갔다.

어떤 사건이 벌어졌을 때 그걸 막기 위해서 누가 움직이느냐에 따라서 그 사건의 중요도가 드러난다.

한국에서 우보단 대인급 인물이 움직인다면 그건 엄청나게 중요한 사건이라는 소리다.

그 말은, 이 살인 사건이 실제로 재벌가 집안의 누군가가 계획적으로 저지른 것이라는 정보원의 말이 사실일 가능성이 크다는 뜻이기도 하다.

"그러면 그 사건과 관련해서 다른 사람한테 이야기한 거 있어?"

"편집장님이 처음입니다."

"그래…… 그렇단 말이지."

"네. 두둑하게 챙겨 주셔야 합니다."

"당연하지."

류오창은 다시 한번 한국을 신나게 깔 수 있는 거리가 생겼다는 생각에 눈을 번뜩거렸다.

얼마 후 중국의 우웨이 시보에서는 생각지도 못한 뉴스가 터져 나왔다.

중국 아동을 살해한 살인범, 한국 정부에서 보호 중. 당장 송환 절차에 들어가야

중국에서 무려 쉰 명의 아동을 살해한 살인범이 한국 정부의 보호를 받고 있는 것으로 드러났다. 한국 정부는 해당 사실을 알고서도 철저하게 기밀로 부치고 범인을 보호하고 있다고 한다.

이미 한국 정부는 범인이라는 명백한 증거를 확보한 상황임에도 불구하고 사건을 은닉하고 있는……(중략)……이러한 후진적인 법률 시스템을 가진 한국은 인민의 적을 처벌하는 것이 가능하지 않은 바, 빠른 시일 내에 범인을 중국으로 송환해 중국의 법에 따라 처벌해야 한다.

그 뉴스를 번역된 보고서로 받아서 읽던 손하균은 분노에 차 구겨 집어 던졌다.

"이 새끼들아! 일을 어떻게 하는 거야! 어?"

"……."

"중국에서 이 지랄 난 거 왜 몰랐어? 중국에서도 무려 쉰 명이나 죽었다는데 왜 몰랐냐고!"

"언론에 공개될 때는 특유의 시그니처는 빼고 보고하는 바람에……."

언론에서는 살인범의 시그니처를 공개하지 않는다.

이유는 간단하다. 누군가가 그걸 따라 할 가능성이 있기 때문이다.

만일 특정 시그니처를 언론에서 떠들 경우, 다른 누군가가 자신의 살인을 그걸로 꾸며 버리기도 한다.

그런데 그렇게 되면 경찰의 수사에는 혼선이 온다.

가령 미국의 뉴욕에서 살인하던 놈이 갑자기 워싱턴에서 살인하면, 정부 입장에서는 그놈이 워싱턴으로 도주했다고 생각해서 수사 방향 자체가 바뀌어 버린다.

과거에는 그런 규칙이 없어서 그런 모방 범죄가 많았지만, 요즘은 그런 시그니처를 공개하지 않았기 때문에 모방 범죄인 것이 쉽게 티가 난다.

당연하게도 중국 언론도 한국인 살인마에 대해서는 신나게 떠들었어도 신발이나 시그니처에 대해서는 언급하지 않았기에, 태양의 변호사들은 다른 살인마가 나타난 줄 알았지 설마 동일한 사람이 범인일 거라고는 생각도 못 했다.

"젠장…… 쉰 명이라니. 이 정도면 중국 공산당도 눈이 돌아갈 텐데."

아무리 자신들이 한국에서 잘나가는 로펌이라지만 중국

공산당과 싸울 수는 없다.

"도대체 누가 멍청하게 이런 짓을……. 아니다. 말을 말자."

안 봐도 뻔하다. 노형진 말고는 이런 짓거리를 할 인간이 없다.

문제는, 알면서도 당한다는 거다.

"그래서 항진에서는 뭐래?"

"자기들은 모르는 일이랍니다. 다만 가능하면 중국으로 보내지는 말아 달라고……."

"지랄하고 자빠졌네. 애초에 중국으로 돌려보내려던 거 아니었어?"

현재는 재물 손괴에 대해 수사 중이라서 중국으로 떠날 수가 없다. 그래서 계약 조건이, 무사히 중국으로 보내는 것이었다.

그런데 뜬금없이 이제 와서 중국으로 보내지 말아 달라?

'중국에서도 그 새끼가 저지른 거야.'

동일한 시그니처가 한국과 중국에서 동시에 나타날 확률은 극단적으로 낮다.

더군다나 이 사건은 시그니처가 한 개가 아니라 두 개다.

전 희생자의 신발 한 짝을 올려 두는 메이우.

그리고 희생자를 씻기고 꾸며서 옷을 입혀 두는 위란.

그런데 그 두 가지 시그니처가 동시에 나타났다? 이건 동일범의 소행일 수밖에 없다.

"어떻게 할까요?"

"일단, 계획대로 한다. 무죄를 주장하고, 무죄가 확정될 경우 한국에 남겨야지."

손하균은 이를 뿌드득 갈았다.

그러나 그는 몰랐다, 그마저도 노형진이 예상하고 있을 거라고는.

"우와, 시위 보소."

중국에 있는 정보원이 보내 준 사진은 범인을 송환하라고 주중 한국 대사관에서 벌어지는 중국인들의 시위 장면이었다.

그걸 보면서 노형진은 혀를 끌끌 찼다.

"도대체 뭔 깡이래?"

"그러니까. 저기 지금 코델09 돌고 있는 거 맞지?"

"확실하지."

코델09바이러스 때문에 중국 전역에서 사람들이 죽어 나자빠지고 있는 상황인데 주중 한국 대사관 앞에 몇만 명이 모여서 시위를 하다니.

"아니, 왜 안 막아?"

"중국 정부 입장에서는 분노를 대신 받아 낼 대상이 필요하니까."

그 과정에서 바이러스가 퍼져서 사람이 죽는 거?

사실 중국은 그다지 신경 쓰지 않을 거다. 어차피 사람이 넘쳐 나는 게 중국이니까.

"중국은 인민들이 모이는 것을 극단적으로 경계해. 거의 경기를 일으키는 수준이지. 그런데 수만 명이 모여서 시위하는데 공안이 주변에서 구경만 한다? 그건 관제 데모라는 소리지."

한국을 압박하기 위해 벌이는 짓이라는 뜻이다.

당연하게도 한국은 곤혹스러운 상황일 것이다.

"그런데 한국 정부에서 뭘 어쩌라고? 법원 문제인데."

"그걸 아니? 중국에 삼권분립이 어디 있어? 그리고 말이야, 한국도 삼권분립은 그다지 지켜지지 않는 것 같다만."

"부정을 못 하니 슬프구먼."

오광훈은 인터넷 영상을 보면서 피식 웃었다.

지금쯤 똥줄이 타고 있을 메이우와 위란을 생각하니 저절로 미소가 나왔다.

"그러면 이제 어찌 될까?"

"뭐, 한국에서는 풀려나겠지."

"그리고 중국으로 가고?"

"가겠냐?"

저 상황에서는 중국으로 갈 수도 없다. 그랬다가는 죽으니까.

물론 아직까지 신분이 공개되지는 않았지만 말이다.

"하지만 상대방은 손하균이야. 지금쯤이면 중국에서 벌어진 일이 내가 저지른 일이라는 것쯤은 짐작하고 있겠지."

"뭐야, 그러면 바뀐 게 없잖아?"

"바뀐 게 왜 없어?"

노형진은 화면을 톡톡 치면서 말했다.

"중국이 들고일어났잖아. 과연 그에 대해 대기업의 사장들은 어떻게 생각할까?"

⚖️

한국의 대기업들, 특히 반도체 기업들은 어디 가서 쉽게 고개 숙일 곳들이 아니다. 한국과 대만의 반도체 점유율은 절대적이니까.

그러나 지금 이 순간만은 그들도 고개를 들 수가 없었다.

"그래서 모르신다 이거군요."

"그래, 난 모르는 일이네."

"알겠습니다. 그렇게 알고 공개하도록 하지요."

노형진은 한국의 거대 반도체 기업인 엑서스반도체 사장을 독대하다가 자리에서 일어났다.

"뭐? 공개라니! 우리는 아무런 행동도 하지 않았다니까!"

"네. 제가 뭐라고 했나요? 그러니까 그렇게 공개한다니까요."

"자네 지금 뭐라고 하는 겐가!"

결국 엑서스의 사장인 당진환은 언성을 높였다.

하지만 이내 움찔하면서 자신의 실수를 후회할 수밖에 없었다.

"당 사장님, 제가 지금 병신으로 보입니까?"

"뭐?"

"마이스터와 미다스의 정보력을 이렇게 개병신 취급하는 곳은 처음 봤네요."

노형진의 상스러운 표현보다 마이스터와 미다스의 정보력이라는 말에 더 놀란 당진환은 순간 숨이 턱 막히면서 눈앞이 노래졌다.

어떤 면에서는 미국보다 더 정보가 빠른 게 그들이라고 하지 않던가?

심지어 그들은 기업에 관해서는 확실히 미국보다 빨랐다.

"네, 물론 그렇게 이야기하고 싶으시겠지요. 그러니까 그렇게 이야기해 드릴게요, 일단은."

"일단은……이라니…….."

"설마 진짜로 그 새끼가 무죄라고 생각하십니까?"

당연히 아니다.

하지만 그걸 막지 않으면 항진 인더스트리에서 공급량을

줄인다고 일방적으로 압박했기 때문에 어쩔 수 없이 그들의 부탁대로 압력을 행사해 준 것뿐이다.

"그러니까 일단은 그렇게 발표해 드린다고요."

도둑이 제 발 저린다고 했다.

중국의 언론을 통해 한국의 대기업이 살인마를 보호하고 있다는 정보가 흘러나왔다.

그런데도 관련이 없다고 하면 그냥 입 닥치고 있어야 하는데, 뜬금없이 엑서스반도체에서 '우리는 관련이 없습니다.'라고 발표가 나가면?

그건 자기네들이 사건을 덮었다고 인증을 하는 꼴이다.

물론 반도체라는 특성상 국민들의 불매운동에서 조금은 자유로울 수 있다.

하지만 그건 말 그대로 조금이다.

반도체를 공급받는 업체들이 이쪽 이미지를 생각하지 않을 수가 없다.

"아, 그러고 보니 사장님, 오너 리스크라는 단어 아십니까?"

"오…… 오너 리스크?"

"네. 이 정도면 충분히 오너 리스크라고 할 수 있을 것 같은데요."

그 말에 당진환은 가슴이 철렁했다.

오너 리스크.

오너의 부도덕한 행동으로 인해 주가가 떨어지는 현상.

그리고 살인범을 풀어 주는 행동으로 인한 주가 하락은 분명 오너 리스크다.

"아시겠지만…… 마이스터와 미다스는 오너 리스크를 별로 좋아하지 않습니다."

지금 이 자리에 노형진이 있는 건 단순히 검찰의 협조자가 아니라 마이스터와 미다스의 대리인으로 있는 거라는 확실한 통지.

그리고 그게 의미하는 바는 하나였다.

'너 해고.'

당진환은 엑서스반도체의 전문 경영인이다. 창립자 같은 게 아니라 월급쟁이 사장이라는 거다.

물론 월급을 많이 받기는 하지만.

"아시겠지만 마이스터와 미다스는 오너 리크스에 대해 철저하게 대응하죠."

단순히 해고로 끝이 아니다.

그게 개인의 범죄로 인한 경우 다른 주주들을 설득해서 손해배상까지 받아 내 철저하게 몰락시킨다.

두둑하게 받은 월급? 배상금의 100분의 1이나 될까?

"자, 잠깐…… 이야기를 하시죠. 이야기를 좀……."

"그다지 할 이유가 없을 것 같은데요. 안 하셨다면서요? 그러면 할 이유가 없죠."

물론 노형진이 증거가 있어서 이렇게 막무가내인 것은 아니다.

　하지만 이미 노형진은 당진환의 기억을 읽어서 진실을 알고 있었기에 물러날 생각이 전혀 없었다.

　"그러면 우리 엑서스반도체의 주가가 폭락할 겁니다."

　"그럴 리가요. 엑서스반도체는 대중을 상대로 영업하는 곳이 아니지 않습니까?"

　엑서스반도체는 전 세계에 반도체를 공급하는 기업이고, 현대 문명에서 반도체는 문명의 쌀이라고 할 수 있다.

　당연히 엑서스가 욕을 먹을지언정 주가가 폭락하거나 갑자기 거래가 후드득 떨어지지는 않는다.

　"우리는 당신만 조지면 됩니다."

　당신만 조지면 된다, 사형선고에 결국 당진환은 고개를 숙였다.

　"아닙니다. 저는 무슨 사심이 있어서 그런 게 아닙니다. 저는 진짜로 기업을 살리기 위해 그런 겁니다."

　"기업을 살리기 위해서였다?"

　"그렇습니다. 이미 알고 오셨겠지만, 항진 인더스트리에서 공급을 못 받으면 공장이 멈춥니다."

　"그건 뭐 인정을 하죠."

　"항진은 그 점을 노리고 요구했습니다. 아마 다른 기업들도 비슷한 요구를 받았을 겁니다."

그리고 법원은 대기업들의 압력을 무시할 수 없었을 것이다.

"저는 제 개인의 영달을 위해 그런 게 아닙니다. 기업을, 아니 나라의 경제를 생각해서 그런 겁니다."

'지랄하네.'

노형진이 가장 싫어하는 말 중의 하나가 '경제를 위해서' 다.

경제를 위해서라는 말은 말장난이다. 매번 그런 핑계로 사람들을 풀어 주고 범죄자들에게 자비를 베푼다.

하지만 그건 경제를 위해서가 아니라 경제를 인질로 삼아서 하는 짓이다.

"그렇군요. 알겠습니다. 그렇게 발표하지요."

"네?"

"아까도 말씀드렸다시피 발표한다고 했습니다만?"

그 말에 당진환의 얼굴에서 핏기가 가셨다.

"노 변호사님, 제발 한 번만 봐주십시오. 진짜로 저도 방법이 없었습니다."

"그래요? 그게 말이 된다고 생각하십니까?"

"……."

"그래서 애들을 서른 명이나 죽인 살인마를 풀어 주겠다?"

"아니…… 그게, 살인했다는 증거도 없는데……."

"살인도 안 한 새끼가 기업 거래까지 협박용으로 삼아서 법원에 압력을 행사하라고 하겠습니까?"

그 말에 당진환은 입을 다물었다.

노형진의 말대로 진짜로 억울했다면 그런 협박도 하지 않았을 테니까.

물론 억울하게 처벌받을 수도 있다. 하지만 한국은 2심이 있고 3심이 있다.

즉, 잘못된 걸 바로잡을 수 있는 기회가 있다는 거다.

그런데 재판도 시작하기 전에, 아니 공식적으로는 경찰에서 그들을 살인 사건과 관련해서 부르기도 전에 사건을 무마하라고 압력을 행사했다?

"……."

상식적으로 말도 안 된다는 걸 알기에 당진환은 고개를 들수가 없었다.

"물론 이해가 가기는 합니다. 회사를 보호하기 위한 조치였다는 부분에 관해서도 이해가 가죠."

"그러면……."

"좋습니다. 외부 공표는 미뤄 두죠. 하지만 문제를 확실하게 바로잡읍시다."

"바로잡으신다는 건?"

"압력을 넣은 사람들에게 전화하세요, 제대로 재판하라고."

"하지만 그건……."

"싫습니까?"

"아니, 좋고 싫고 문제가 아니라, 상대방이 손하균입니다."

손하균은 법률계에서 절대적인 힘을 발휘한다.

물론 노형진 역시 힘이 약하다고 볼 수는 없다.

하지만 노형진이 잘못된 것을 고치는 힘이라면 손하균은 모든 것을 뒤트는 힘이다.

"우리가 손하균을 항진 인더스트리에 소개해 준 것은 사실입니다만……."

이미 메이우를 위해 돈을 받고 일하기 시작한 손하균이 돈을 포기하고 사건을 그만둘 가능성은 없다고, 당진환은 솔직하게 이야기했다.

그의 말대로 이건 단순한 재판이 아니다.

설사 이제 와서 사건에 대한 압력을 더는 행사하지 않겠다고 해도 일단 손하균은 뇌물을 줘서라도 사건을 정리할 게 뻔하다.

"그건 내가 알아서 할 테니까 일단 압력을 넣지 않겠다고 전화하세요."

"알겠습니다."

결국 당진환은 고개를 끄덕거렸다.

하지만 한편으로는 손하균이 쉽게 포기하지 않을 거라고 걱정했다.

손하균이 누군가?

노형진의 별명이 분쇄기라면 손하균의 별명은 승리자다.

노형진이 상대방을 박살 낸다면 손하균은 무슨 짓을 해서라도 이긴다. 설사 범죄를 저질러서라도 말이다.

'아니, 내가 무슨 걱정을?'

손하균을 걱정하던 당진환은 고개를 흔들었다.

당장 자기 목숨 줄이 걸려 있는 마당에 남 걱정할 처지가 아니니까.

"바로 전화하겠습니다."

그는 핸드폰을 꺼내서 눈치를 보면서 말했다.

거짓말이 커지는 법

"노형진이 이 녀석, 결국 알면서도 이렇게 나온다 이거지?"

사건을 담당하는 검사에게 연락을 받은 손하균은 기가 막혔다.

자신이나 메이우가 아니라 기업을 조질 줄이야.

"하긴, 그놈 직위가 있기는 하니."

차마 노형진이 잘났다는 소리는 하지 못하고, 마이스터와 미다스의 대리인이라는 직위를 이용해서 찍어 눌렀다고 생각하는 손하균이었다.

"어쩌실 생각입니까?"

"뭘 어째? 이미 답은 나왔어."

"하지만 살인을 쉽게 덮을 수가……."

휘하 변호사의 말에 손하균은 비웃음을 날렸다.

그리고 이어지는 손하균의 말에 변호사는 순간 말문이 막혔다.

"그러니까 네가 그따위인 거야."

"네?"

"살인이라니? 우리가 하는 사건은 재물 손괴라는 걸 잊은 건가?"

"재물 손괴요?"

"그래. 우리가 할 일은 재물 손괴로 처벌받는 걸 막는 거야. 차량 주인한테 돈을 두둑하게 물려 주고 공탁으로 한 1억쯤 걸어."

"하지만 차량 주인은……."

"알아. 아마 노형진 그 새끼가 실질적인 주인이겠지. 하지만 그렇다고 한들 공탁 걸면 어쩔 거야? 차값이 고작 300만 원짜리야."

공탁으로 1억을 걸면 법원에서는 최선을 다해서 반성한다고 봐줄 테고, 무조건 처벌을 최대한 약하게 해 줄 거다.

그리고 그걸 기반으로 추방을 막는다면 자신들이 할 일은 다 한 거다.

"하지만 살인은……."

"살인? 무슨 살인? 살인 사건이 있었어? 아니, 살인했다는 증거는 있어?"

손하균은 비웃음을 날리며 말했다.

'노형진, 나름 머리를 쓴 모양인데 방향을 잘못 잡았어, 후 후후.'

"뭐요? 갑자기 저보고 빠지라니요?"

"애초에 네 사건이 아니잖아. 협조 차원에서 하는 거였지, 엄밀하게 말하면 너한테 배당된 사건도 아니잖아."

"아니, 그 새끼가 일을 제대로 하지 않으니까 제가 한 거 아닙니까?"

"그렇다고 해서 사건을 네가 빼앗을 거야? 야, 그거 월권 인 거 알아?"

부부장검사급인 오광훈이다. 하지만 그렇다고 해도 부장 검사에게는 밀릴 수밖에 없다.

"얀마, 애초에 네 사건도 아닌데 그렇게 뛰어 봤자 남 좋 은 일만 시키는 거 아냐?"

"아니! 남 좋은 일이 아니라, 애초에 반정상 검사가 이 사 건을 제대로 안 한 거 아닙니까!"

"그래, 그래서 어쩔 거야? 지금 월권이라고 항의가 들어왔 어!"

"이런 개새……."

원래 이 사건은 반정상이라는 후임 검사의 사건이었다. 하지만 반정상이 맡지 않으려고 해서 오광훈이 나선 상황이었다.

당연히 정식으로 배당된 사건이 아니기 때문에 사건의 담당 검사는 오광훈이 아니라 여전히 반정상이었다.

그리고 반정상 검사가 상부에 거칠게 항의했다는 것이다.

"너 그러다가 훅 간다."

물론 전이라면 상상도 못 할 일이다.

선배 검사, 그것도 부부장검사가 사건을 도와주겠다는데 그걸 항의하면서 월권이라고 주장한다? 검사 인생 끝내고 싶다는 소리나 마찬가지였다.

하지만 검사 내부가 조금이나마 깨끗해지면서 이런 월권 행위에 대한 처벌이 강해진 게 사실이다.

물론 반정상이 그렇게 항의했다면 선배 검사들이 안 좋게 볼 게 뻔하다. 하지만.

"뒤에서 누가 봐주는 거, 맞지요?"

"아는 새끼가 왜 그래?"

"……."

"일단 이의신청이 들어왔으니까 넌 손 떼. 더 이상 파고들면 좋은 말로라도 도와줬다는 소리 못 들어."

"하지만 그 새끼는 살인마입니다!"

"증거 있어?"

"증거가 더 필요합니까? 현장에 유전자에 살인 흉기까지, 다 찾았잖아요!"

"그런데 다 나름 타당한 이유가 있잖아."

타당한 이유.

그 타당한 이유라는 건 빤히 보이는 변명일 뿐이지만, 지금 이들은 그걸 그대로 믿어 주고 있었다.

"미안한데 손 털어라. 안 그러면 징계위 열릴 거야."

"씨팔."

이를 뿌드득 가는 것 말고는 오광훈이 할 수 있는 건 없었다.

"야…… 이건 진짜 예상하지 못했는데 한 방 먹었어. 제법 아프네."

노형진은 마치 자신이 한 방 두들겨 맞은 것처럼 오른쪽 뺨을 어루만졌다.

"씨팔, 이게 가능해? 가능하냐고!"

"가능하지. 한국은 검사가 기소 독점권을 쥐고 있으니까."

이게 무슨 소리냐면, 기소를 하지 않으면 재판 자체가 열리지 않는다는 것이다.

원래 사건 담당인 반정상은 잽싸게 혐의 없음으로 사건을 올렸고, 메이우와 위란은 웃으면서 세상을 돌아다니고 있다.

"재판을 하기 위해서는 검사가 동의해 줘야 하는 게 한국 법의 한계야. 그러다 보니 이런 경우가 종종 있지."

아예 기소 단계에서 막아 버리면 어떻게 할 수가 없다.

"아니, 뭔가 방법 없어? 재…… 재……."

"재정신청? 물론 가능하기야 하겠지. 하지만 신청이 가능한 것과 재판을 하는 건 전혀 다른 문제거든."

검사가 기소 독점권을 가지고 있다지만 그에 대해 대항할 방법이 전혀 없는 건 아니다.

재정신청이라고 해서, 피해자가 직접 법원에 그 불기소의 부당함을 가려 달라고 요청할 수 있다.

"그런데 말이야, 그런 경우에 사건의 입증책임을 누가 지겠냐? 애초에 재정신청 해도 그걸 이용해서 재판으로 넘어가는 확률은 더럽게 낮아. 누차 말하지만 검사나 판사나 결국 끼리끼리 뭉치는 미래의 변호사들이니까. 그런 놈들 입장에서는 연쇄살인마 하나 풀어 줘서 자기 인생 필 수 있다면 나름 좋은 선택인 거지. 자기가 죽는 건 아니잖아?"

"이런 씨팔."

입증책임은 당연히 피해자가 지게 된다.

문제는, 피해자는 수사 권한이 없다는 거다.

즉, 경찰이나 검찰이 판단에 쓴 자료 외에 다른 걸 손에 넣는 건 거의 불가능하고, 그 결과 대부분의 재정신청은 기각

되는 게 현실이다.

"바뀐다면…… 뭐…… 뇌물 받아 처먹는 새끼가 한 명 정도 더 늘어난다 정도일걸. 와, 이건 진짜 생각도 못 했다."

노형진은 솔직히 말했다.

애초에 오광훈이 담당 검사가 아니라는 건 알고 있었지만 그렇다고 해서 아래 검사를 통해 들고일어날 거라고는 상상도 못 했다.

"하긴, 생각했어야 했는데 나도 많이 물러졌구만."

생각해 보면 오광훈이 반정상에 대해 말하길 정치적인 부분에 관심이 많고 욕심이 많은 타입이라고 했다.

그런 놈이 사건을 무마하고 어마어마한 백을 얻는 것에 대해 관심이 없을 리가 없다.

물론 대기업들에 손 떼라고 했고 실제로 떼기는 했지만, 손하균이 그 사실을 말해 줬을까?

설사 말해 줬다고 해도, 손하균은 법률계에서 강한 힘을 가진 사람이다.

손하균의 힘이면, 시간만 충분하다면 반정상을 지방검찰청장 정도는 만들어 줄 수 있다.

"그러면 어쩔 거야? 이제 나 사건에 개입 못 해. 그리고……."

"알아. 나도 이번 사건의 자문 권한을 박탈한다는 공문 왔어."

이제 노형진도 공식적으로는 사건에 개입하지 못한다는
거다.

"하~ 씨팔. 돌겠네."

오광훈은 분노로 머리를 북북 긁었다.

"뭐, 돌 것까지야."

"안 돌게 생겼냐?"

차라리 사건을 빼앗긴 거였다면 노형진이 도와줄 수 있다.

하지만 그게 아니다.

도리어 자신이 사건을 빼앗는 꼴이 되어 버린다. 그러니
뭐라고 할 수가 없다.

"원래는 이게 아니었는데 말이지."

원래 계획은 그들을 추방하는 거였다.

정확하게는, 추방하거나 한국에서 살인으로 처벌받게 하
는 것이었다.

그런데 그게 양쪽 다 실패했다.

"역시 손하균이다 이건가?"

옛날의 기억을 더듬어도 손하균은 확실히 능력이 있는 사
람이었다.

물론 그 능력을 극단적으로 자신만을 위해 쓴다는 게 문제
였지만.

현실적으로 손하균이 정치질만 잘하는 사람이었다면 변호
사로서 그 자리에 올라가지는 못했을 것이다.

"그렇다면……."

그렇다고 해서 노형진이 쉽게 물러날 생각은 없었다.

"생각을 바꿔야겠지."

"생각? 무슨 생각?"

"일본에 가 봐야 하지 않겠어?"

"……?"

뜬금없는 일본이라는 말에 오광훈은 고개를 갸웃했다.

⚖

오노 다츠키. 살인이 이루어진 땅의 주인이다.

하지만 경찰은 소환조차 못 했다. 일본에 있으니까.

그리고 외국인을 조사하는 건 현실적으로 국제적 분쟁이 될 수 있기 때문에 영장을 발부받는다거나 소환 조사하는 게 거의 불가능하다.

거기다 범죄의 혐의가 있는 것도 아니고 단순 사전 청취라 면 당연히 조사는 더더욱 힘들다.

그렇다면 방법은 뭘까?

"전화를 바꿔치기했다고요?"

"아마도요."

노형진은 밖에 흐르는 일본의 풍경을 보면서 말했다.

'아이러니하네.'

분명 일본은 몰락해 가고 있다. 하지만 일왕의 치세가 좀 더 강해지면서 도리어 한쪽으로는 부활하고 있다.

물론 극우 세력은 어떻게 해서든 부활하기 위해 몸부림치고 있지만, 일왕은 종교적 지도자라는 부분을 적절히 이용해서 헛소리하는 정치인들을 압박하고 있었다.

'다만 압박에 한계가 있어서 그렇지.'

그래서 그런지 극우 세력의 시위는 더더욱 강해졌고, 곳곳에서 일왕제 폐지를 주장하는 시위대가 더더욱 많아졌다.

물론 그들은 극우 세력이다.

'하여간 머리는 잘 써요.'

현 일왕은 민주주의의 신봉자이고 국민의 입에 재갈을 물리는 걸 좋아하지 않는다.

아이러니하게도 그 덕에 일왕제 폐지를 주장하는 사람들이 저렇게 시위할 수가 있었다.

과거에 저런 시위나 반극우 시위를 했다? 그러면 소리 소문 없이 끌려가곤 했다.

'뭐, 내 알 바 아니지만.'

일왕에게는 미안하지만 일본에서 벌어지는 일은 이제 더 이상 노형진의 소관이 아니었다.

"그러면 작정한 거네요?"

"아, 뭐라고 하셨지요?"

"애초에 전화번호를 준 것 자체가 작정하고 속인 거라고요."

"아마 그럴 겁니다."

결국 한국 경찰이 할 수 있는 조사는 전화를 걸어서 사전 청취를 하는 것뿐이다.

그리고 그 전화번호는 법무 법인 태양, 정확하게는 메이우와 위란이 준 거다. 친구 전화번호니까.

당연히 경찰에서는 전화를 걸어서 사실을 확인했고, 자신이 그곳의 주인이며 두 사람을 초대했다는 인정을 받아 냈을 것이다.

거기까지는 일반적인 법률적 과정인데…….

"정작 그게 오노 다츠키인지 다꽝 오이무침인지 알 게 뭡니까?"

전화번호를 받아서 걸었고, 상대방이 오노 다츠키라는 증거는 자신이 그렇게 밝혔다는 것뿐이다.

"하…… 그러니까…… 일본에 가는 거긴 한데요."

"그나저나 김정기 형사님도 수사에서 빼 버리는 걸 보니 사건을 덮으려고 작정한 것 같은데요."

적극적으로 사건을 수사하고 오광훈에게 도움을 요청한 게 바로 김정기다.

그런데 오광훈이 수사에서 밀려나면서 김정기도 뜬금없이 보직이 강력반에서 여성청소년 쪽으로 이동되었다.

대놓고 수사하지 말라는 소리다.

"그러니까요. 씨팔, 내가 경찰에서 뭘 한 건지."

"어찌 되었건 같이 일하게 되어서 다행입니다. 저희는 수사관님처럼 정의로운 분은 언제든지 환영합니다."

충격을 받은 김정기는 사표를 쓰고 새론으로 이직하기로 했다. 그쪽도 늘 수사 인원이 부족하니까.

그 대신에 밀린 휴가를 쓰겠다면서 휴가를 신청했고, 지금은 공식적으로는 휴가 중이다.

"그나저나 일본에서 진짜로 오노 다츠키를 찾으신 겁니까?"

"어렵지 않더군요."

애초에 일본인이 한국 땅을 사는 건 쉽지 않은 일이다. 신분이 확실하지 않으면 한국에서 땅을 사는 건 불가능하다.

당연하게도 오노 다츠키는 실존 인물일 수밖에 없었다.

거기다 거주지도 아주 확실한.

한국 경찰이야 예산이 어쩌고 국제 관계가 어쩌고 하면서 직접 가지는 못하겠지만 노형진도 그럴 이유는 없었다.

"여기입니다."

노형진과 김정기를 내려 준 택시 기사는 마치 기분 나쁘다는 듯 밖으로 '퉤!' 하고 침을 뱉고는 재빨리 도심에서 벗어났다.

"여전하네."

그가 저러는 이유는 간단하다. 여기는 부라쿠민 거주지니까.

부라쿠민, 즉 일본의 불가촉천민 같은 존재들.

그들이 사는 이곳에 들어온 것 자체가 기분 나쁜 거다.

"그런데 어떻게 아시는 겁니까? 이 사람이 명의를 빌려줬다는 걸 말입니다."

"아, 그거요? 제가 지난번에 사건 하나를 하면서 부라쿠민 거주지에 대해 알게 되었거든요."

그리고 이곳은 부라쿠민 거주지다.

"부라쿠민들 중에는 돈에 여유가 있는 사람들이 없습니다."

사업은커녕 취업도 힘든 사람들이다.

부라쿠민이라는 이름 하나 때문에 대출에서부터 거래까지 모든 것에 불이익을 받는 일본 공인 이지메 대상인 그들인데 한국에 그런 쓸모없는 땅을 살 정도의 돈이 있을 리가 없다.

실제로 두 사람이 도착한 집은 지금 당장 무너져도 이상할 게 없는 목조건물이었다. 그것도 2층짜리.

"들어가죠."

노형진이 벨을 누르자 안에서 누군가의 목소리가 들려왔다.

-누구십니까?

"한국에서 온 노형진이라는 변호사입니다. 혹시 오노 다츠키 씨 계십니까?"

-그런 사람 없습니다.

물론 노형진은 그 목소리를 듣고 상황을 어렵지 않게 추측할 수 있었다.

"채권 관련 때문은 아닙니다. 아니, 오노 다츠키 씨가 받을 채권이니까 채권 관련이라고 볼 수는 있군요."

-받을 채권이라고요? 자…… 잠깐만요.

받을 채권이라는 말에 안에서 '우당탕!' 하는 소리가 들려오더니 누군가가 튀어나왔다.

"누구십니까?"

"저는, 아…… 그…… 오노 사사키라고 합니다. 오노 다츠키는 저희 형님인데……. 그런데 받을 채권이라니요?"

받을 채권이라는 말에 기대 반 걱정 반의 얼굴이 된 오노 사사키는 조심스럽게 물었다.

"들어가서 이야기할 수 있을까요?"

"아, 일단 들어오시죠."

노형진과 김정기를 안으로 들여보내 주는 오노 사사키.

"딱히 내놓을 게……."

"물이나 한잔 주시면 됩니다."

"네."

그는 컵에 물을 따라 주자마자 조심스럽게 다시 말을 건넸다.

"그…… 받을 채권이 얼마나 되는지……."

"음, 이게 좀 복잡한 일인데 말입니다. 오노 다츠키 씨가 한국에 사 둔 땅이 좀 있습니다."

"땅이요? 형이요? 그럴 리가!"

"아니요. 있습니다. 정확하게는, 다른 사람이 형님 이름으로 산 땅인데요."

노형진은 그것과 관련해서 한국의 금융실명제법과 자산에 관련된 법률, 그리고 그 안에서 벌어진 살인과 관련된 사항에 대해 사실대로 이야기했다.

설명을 들은 오노 사사키는 곤혹스러운 표정이 되었다.

"그러면 어떻게 되는 겁니까? 네? 아니…… 우리 형이 살인을 했다고요?"

"그랬을 것 같지는 않습니다만. 형님은 어디 가셨습니까?"

"형님은…… 그게…….."

고민하던 오노 사사키는 결국 사실대로 말했다.

"모르겠습니다."

"네?"

"이놈의 집구석이 싫다고 도망간 지 오래입니다. 아마 다른 곳에서 다른 이름으로 살고 있지 싶습니다만."

'하긴, 불가능하지는 않지.'

일본에는 주민등록 같은 게 없다. 당연히 다른 곳에서 다른 이름으로 살아가는 게 불가능하지 않다.

실제로 그런 사건은 적지 않아서, 그걸 일본 내부에서는 증발이라고 표현한다.

심지어 그런 걸 도와주는 업체까지 있을 지경이다.

막대한 빚에 쪼들리거나 가족들에게 압박을 받거나 지금의 삶에 완전히 지쳐 버린 사람들이 자살 대신에 증발을 선택하는 거다.

다른 지역에서 완전히 다른 이름으로 살아가는 것.

'더군다나 부라쿠민이라면 뭐.'

일반 일본인들도 완전히 눌려서 증발을 선택하곤 하는 상황에서 부라쿠민은 아예 기회 자체도 박탈된다.

정부에서 발행한 부라쿠민 명부를 사기업에서 돌려 보면서 직원을 쫓아내는 나라가 일본이다.

그러니 그들이 살아남는 건 아예 다른 이름으로 사는 것일 때가 많다.

"그러면 사사키 씨는?"

"저는 어머니가 계셔서요."

멀쩡하지 않은 어머니를 두고 사라지면 어머니는 굶어 죽을 게 뻔하다는 거다.

"그렇다면 실종이라는 건데, 실종 신고는 하셨습니까?"

"네…… 일단은……."

"얼마나 되셨나요?"

"6년 되었습니다."

"6년이라……."

6년 전이면 대략 그 땅의 주인이 오노 다츠키로 바뀐 시점이다.

'아마도 그렇게 받은 돈으로 다른 곳에서 다른 이름으로 생활을 시작한 모양이군.'

아예 도망가서 제로에서 시작하는 것보다는 돈 좀 쥐고 이사 왔다 하면 사람들에게는 의심받지 않을 테니까.

"그러면 저는 어떻게 해야 합니까?"

"일단은 형님에 대한 사망신고를 하시는 게 좋을 겁니다. 그리고 자연스럽게 유산으로 상속받으셔야지요."

당연하게도 그런 경우에 메이우와 위란은 자기 땅이라고 주장도 못 한다. 자신들의 거짓말이 들통나니까.

"그 후에 두 가지 방법이 있습니다. 그걸 팔아서 여기서 사시든가, 아니면 아예 거기로 이주하시든가."

"이주라……."

오노 사사키는 이주에 관심이 많은 듯했다.

그럴 만도 한 게, 일본에서 그들의 삶은 뻔하니까.

"아니면 다츠키 씨처럼 증발하는 것도 하나의 방법이지요."

돈만 있다면 그것도 불가능하진 않다.

"다만 그러기 위해 저희를 좀 도와주셨으면 합니다만."

"어떻게 해 드릴까요?"

"일단 다츠키 씨에게 한번 전화해 보세요."

"저 형님 연락처는 진짜 모릅니다. 그걸 알았다면 제가 안 알려 드렸겠습니까?"

"물론 압니다. 하지만 한국에 자신이 다츠키라고 주장하는 사람의 연락처가 있어서요. 그 사람에게 전화하시면 됩니다."

당연하게도 그가 진짜 다츠키라면 상속은 물 건너가는 거다.

그 말에 사사키의 눈동자가 흔들렸다.

"바로 하면 됩니까?"

"네. 아, 녹음해도 됩니까?"

"네, 하세요."

경찰에서 가지고 온 전화번호를 사사키에게 건네자 몇 차례 벨소리가 울린 뒤 수화기 너머에서 낯선 목소리가 들렸다.

─네, 다츠키입니다.

"형?"

다츠키라는 말에 사사키는 자신도 모르게 질문을 던졌다.

그러자 상대방은 당황한 듯했다.

─누구십니까?

─형? 형이야? 나야, 사사키.

─누구요? 사사키? 저는 그런 사람 모릅니다만.

─아니, 나라니까. 아니, 잠깐. 목소리가…… 다른데?

아무리 형제끼리 친하지 않다고 해도, 가족을 버릴 정도로 이기적이라고 해도, 전화상으로 통화 한번 안 해 봤을 리가 없다.

그런데 사사키가 듣기에는 완전히 목소리가 달랐다.

"형 맞아? 누구야? 형 목소리가 아닌데?"

—아니, 전화 잘못 걸었습니다.

"아니, 나 이거 형 거라고 전화번호를 받았단 말이야. 당신 누구야?"

그 순간 끊어지는 전화.

그걸 본 노형진은 흡족한 표정이 되었다.

'역시 가짜였네.'

사실 가능성은 두 개였다.

하나는 진짜 오노 다츠키일 가능성, 다른 하나는 오노 다츠키를 사칭하는 다른 누군가일 가능성.

그리고 이번에는 후자였다.

"형 목소리가 아닌데요?"

"사칭한 모양이군요."

"어떤 미친놈이……."

누군지는 모른다. 하지만 노형진은 확실하게 원하는 걸 얻었다.

'모른다고 했단 말이지.'

한국의 부동산 거래상의 주소지에서 동생을 만났다. 그런데 모르는 사람이라고 했다.

그 말은, 확실하게 이 전화번호로 통화한 사람이 오노 다츠키가 아니라는 소리다.

"좋습니다."

노형진은 고개를 끄덕거렸다.

"진짜 오노 다츠키가 아닌 건 알겠고, 그러면 이제 다른 걸 부탁드려야겠군요."

"뭔가요?"

"물론 받아들이신다면 적당한 대가를 치르겠습니다."

"대가요?"

"형님을 일단 살인범으로 몰아도 되겠습니까?"

"네?"

"아니, 진짜로 살인범으로 만든다는 게 아닙니다. 외부에 그런 식으로 알리기만 한다는 거죠."

"그러면…… 형님은?"

"사진은 공개하지 않습니다. 다른 이름으로 살고 있는 형님이 입을 타격은 없습니다."

노형진은 눈을 반짝거리면서 말했다.

"10억 드리죠."

"10억……."

사사키는 고민했다.

하지만 그 고민은 짧았다.

어차피 자신들을 버리고 간 형이다.

더군다나 노형진의 말대로 형이 다른 곳에서 다른 이름으로 살고 있다면 사진이 공개되지 않는 이상 입을 손해는 없다.

이것이법이다

물론 자신이 좀 괴롭기는 할 거다. 하지만 그 시간은 짧을 거다.

그는 직감적으로 어머님의 생이 얼마 남지 않았다는 걸 알았다. 그 후에는 자신도 증발하거나 한국으로 이주할 생각이다.

"알겠습니다."

"감사합니다."

노형진은 씩 하고 웃었다.

⚖️

얼마 후 코리아 타임라인을 통해 노형진은 한 가지 사설을 내보냈다.

한국은 여전히 일본의 속국인가

한국을 뒤집어 놓은 아동 살인마가 일본인일 가능성에 대해 한국 경찰이 쉬쉬하면서 사건을 덮고 있는 것으로 드러났다.

살인 현장과 증거는 찾았지만 정작 그 주인은 존재를 알면서도 쉬쉬하면서 수사하지 않고 있는 것이다.

해당 현장의 주인은 오노 다츠키, 일본 국민이다.

그러나 어째서인지 한국 경찰은 유력한 살인 용의자인 오노 다츠키를 소환하거나 수사하지 않고 있다고 한다.

현재 오노 다츠키는 소재 불명으로, 사건의 조사를 피해서 도주한 것으로 보인다.

여기서 이상한 점은 한국 경찰은 오노 다츠키의 연락처를 알고 있다는 것이다.

이미 실제로 통화를 했으나 그 이후에 어떤 대응도 하지 않는 것으로 보아 오노 다츠키를 도주시키기 위한 통화가 아니었느냐는…….

살인 현장의 주인은 오노 다츠키다. 그리고 그곳을 이용한 사람은 메이우와 위란이다.

메이우와 위란에게 혐의가 없다면 당연히 그곳의 주인인 오노 다츠키가 혐의 대상이 된다.

하지만 경찰은 그가 살인범이 아닌 걸 알기에 그냥 방치했던 것.

오노 다츠키의 입국 기록이 없었으니 당연한 거지만, 그게 대중에게 알려지는 것은 전혀 다른 문제다.

당연하게도 경찰은 언론의 눈치를 보면서 오노 다츠키에 대한 조사를 시작했다.

하지만 남은 것은 두 가지뿐이었다.

그리고 그중 하나가 오노 다츠키의 기록에 남아 있는 주소.

물론 오노 사사키는 찾아온 기자들에게 형님은 실종되었다고 말했다.

다만 노형진의 부탁에 따라 얼마나 오래 실종되었는지는

말하지 않았기에, 한국 언론에는 자연스럽게 도주한 것으로 해석되었다.

그렇게 되자 자연스럽게 남은 것은 경찰에서 가지고 있는 전화번호뿐.

그 번호로 전화했지만 웬일인지 오노 다츠키는 받지 않았고, 당연히 한국 경찰은 일본에 도움을 요청했다.

일본도 무려 서른 명이나 죽인 대살인마라는 사실에 생각보다 빠르게 대응했다.

"기무라 이케다라니, 확실한 거야?"

"네, 전화번호상 이름이 기무라 이케다랍니다."

"아니, 그러면 우리가 받은 건 뭐야?"

일본 경시청의 경찰들은 전화번호로 조사하여 주소를 알아내서 그 집으로 가는 중이었다.

그런데 한국에서 받은 자료에 따르면 오노 다츠키의 전화번호라는데 회사를 통해 확인해 보니 등록된 이름은 기무라 이케다였다.

"뭐, 가서 확인해 보면 알겠지요."

그들은 깊이 생각하지 않았다.

이름을 바꾸고 살아가는 놈들이 어디 한두 명이던가?

그렇게 그들이 도착한 곳은 허름한 일본식의 빌라였다.

쾅쾅쾅.

그들은 문을 두들기면서 소리를 질렀다.

"다츠키! 아니다, 기무라 이케다! 문 열어! 경찰이다!"

그렇게 몇 번을 두들기자 빼꼼 문이 열리면서 제대로 씻지도 않은 남자가 얼굴을 내밀었다.

"겨, 경찰이 왜 여기에……."

"여기 오노 다츠키 있지?"

"누구요?"

"오노 다츠키!"

"아, 그……."

"빨리 문 열어!"

"네…… 잠시만요."

걸쇠가 걸려 있기 때문에 문을 열기 위해서는 다시 닫아야 했다.

그래서 경찰은 당연히 곧바로 다시 열릴 거라 생각했다.

하지만 문은 열리지 않았고…….

"이 새끼 설마 튄 거야?"

……라고 중얼거리는 순간 반대쪽에서 비명이 터져 나왔다.

"아아아악!"

"뭐야?"

일본 경찰들은 다급하게 반대쪽으로 뛰어갔다.

그곳, 2층 창문 아래에서 한 남자가 기괴하게 비틀린 자신의 다리를 붙잡고 비명을 지르고 있었다.

이것이 법이다

"아악…… 내 다리…… 내 다리!"

"이런 미친 새끼."

2층 창문에서 뛰어내린 듯한 모습의 그 남자는 부러진 다리를 부여잡고 비명을 꽥꽥 질러 댔다.

"일단 구급차 불러. 그리고 문은…… 부수고 들어가."

"네, 알겠습니다."

부하들에게 지시를 내린 경찰은 다시 남자에게로 시선을 돌리며 한숨을 내쉬었다.

"뭐가 어떻게 되어 가는 거야?"

⚖️

얼마 후 일본 경찰에서 수사 결과가 날아왔다. 그리고 그건 빠르게 언론에 공개되었다.

손하균이 장난치기 이전에 먼저 코리아 타임라인을 통해 공개된 사실은 손하균의 그동안의 노력을 모조리 부정해 버렸다.

"노형진……."

일본 경시청에 따르면 한국 경찰 측과 통화한 오노 다츠키라는 사람은 현장에 없었다고 한다. 현장에 거주하던 기무라 이케다는 경시청의 어떤 사람들이 자신에게 돈을 주면서 오노 다츠키라고 이

야기하라고 했다고 하며, 그 대가로 대략 1천만 엔을 받았다고
한다.

　이 전화번호를 준 사람은 첫 번째 용의자였던 A씨와 B씨로, 그
들은 살인 현장에서 유전자와 자문 등이 발견됨……

　그들은 오노 다츠키가 자신들을 초대했다고 주장하고 있으나
오노 다츠키의 동생의 말에 따르면 형은 실종된 지 오래되었다고
한다.

　일본 정부에서는 용의자 A씨와 B씨가 오노 다츠키의 실종과 관
련이 있을 것으로 보고 한국에 송환 요청을 검토……

　보고 있던 신문이 순식간에 꾸겨져 버렸다. 설마 일본을
털어 버릴 거라고는 생각도 못 했으니까.

　"젠장…… 젠장."

　이건 심각한 문제다.

　차라리 걸리지 않았다면 손하균이 주장한 초대받았다는
거짓말을 끝까지 밀고 갈 수 있었을 것이다.

　하지만 거짓말한 게 드러났고, 애써 막고 있던 뉴스가 결
국 터져 버렸다.

　어째서인지 실명은 드러나지 않았지만 말이다.

　결과적으로 거짓말, 그것도 심각한 거짓말을 한 셈이었고,
관련자는 실종에, 정체 모를 놈들이 돈까지 줘서 거짓말을
사주한 이상 의심은 메이우와 위란에게 쏠릴 수밖에 없었다.

이렇게 된다면 그가 아무리 노력해도 검찰에서 기소를 하지 않을 수가 없게 된다.

"이런 개…… 같은……."

모든 것이 틀어지고 있다는 생각에 손하균은 멍해지는 것 같았다.

그럼에도 불구하고 그의 머릿속에는 마땅한 대응책이 떠오르지 않았다.

⚖️

"속이 다 시원하네, 씨팔. 개 같은 새끼."

결국 반정상은 사건에서 손을 떼게 되었다.

일본과 관련된 뉴스가 나가자 국민들은 극도로 화가 나서 항의했고, 검찰에서는 그 항의를 받아들일 수밖에 없었기 때문이다.

전이라면 무시했을지 모르나 세상이 바뀐 데다가 경찰 내부의 검찰 전담 수사 부서와 공수처에서 담당 검사였던 반정상에 대한 수사를 개시하자 방법이 없었다.

그리고 자연스럽게 그 사건은 오광훈에게 넘어왔다.

이 사건에 대해 가장 잘 아는 사람은 오광훈이니까.

"이제 슬슬 기소하고 잡아 봐야지."

"재판에서 이기겠지?"

"응? 못 이겨."

"뭐라고?"

"못 이긴다고. 너도 알다시피 못 이겨. 손하균이 어떤 놈인데?"

"아니, 씨팔. 재판이잖아?"

"그래서 못 이긴다는 거야. 검찰에서 했던 거짓말을 재판부에는 하지 말란 법 있어?"

"그런 터무니없는 걸 재판부가 믿는다고?"

"대한민국 재판부가 언제부터 국민 눈치를 봤다고."

노형진은 피식하고 비웃음을 날렸다.

"이번 사건, 잘해 봐야 3개월 가겠어? 당연히 시간이 지나면 잊히지. 누가 했던 말이더라? 독재자의 꿈은 재벌이라고."

재판부도 마찬가지다.

정의? 그런 건 필요 없다. 다만 돈과 권력이 좋을 뿐이다.

"그러면 어쩌라는 거야?"

"걱정하지 마. 살인 재판보다 더 빨리 끝날 사건이 하나 있거든."

노형진은 어깨를 으쓱하며 말했다.

"그리고 그걸 위해서 필요한 게 이거지."

이어 오늘 자 신문을 꺼내서 오광훈에게 건넸다.

그걸 읽은 오광훈은 어이가 없다는 듯 노형진을 바라보았다.

"뭐야? 장난해? 아니, 독점이라며?"

"그래, 독점이지. 그래서 갑질을 한 거지. 그런데 말이야, 그걸 생각해 봐. 독점이라는 게 영원하지는 않다고."

노형진은 머리를 톡톡 두들기며 말했다.

"대응책이 없을 때야 독점이 절대 갑이지. 그런데 대응책이 있다면? 당연히 그때는 을이 되는 거야. 그리고 이건 그 대응책이고."

그건 오늘 자 발표였다.

마이스터, 인도에 반도체 필수 물질 전문 공장 건립 예정. 세계 최대 규모가 될 것이며, 한국과 일본에 공급 기대

"이게 뭔 소리야?"

"뭔 소리긴. 생각을 바꾼다고 했잖아."

항진 인더스트리가 압력을 가할 수 있는 건 그들이 한국에 독점적인 공급 라인을 가지고 있기 때문이다.

하지만 그 라인이 위협받는다면?

"하지만 못해도 3년이라면서?"

"못해도 3년이지. 하지만 3년 후에는 확실하게 폭망 하지. 여기서 문제. 과연 항진 인더스트리의 지분 관계는 어떻게 될까?"

"엉?"

"메이우의 부모가 항진 인더스트리의 대표야. 그리고 태자당 소속이지. 과연 공산당의 지분이 거기에 얼마나 있을까?"

"아!"

당연히 절대 무시할 수 없는 수준일 게 뻔하다.

그런데 3년 후에 그들은 확실하게 망한다. 아마 지금쯤 중국 공산당 내부에서는 난리가 났을 것이다.

"너도 알다시피 중국은 반도체 굴기를 외치지만 현실에서는 죄다 사기야."

수십조를 꼬라박은 반도체 굴기지만 정작 반도체 생산 예정인 공장을 가 보면 제대로 건물도 안 서 있는 판국이다.

죄다 중간에서 해 처먹고 있기 때문이다.

그런 상황에서 해당 물질의 소비처가 갑자기 방향을 바꾼다면?

"대안이 생기면 을이 되는 거야 당연한 거지."

소비처가 사라져 버리면 항진 인더스트리는 몰락할 게 뻔하다.

더군다나 지금 인도는 노형진과 마이스터의 투자 아래에서 빠르게 경제적인 성장을 하고 있는 와중이다.

그런 상황인 만큼 인도에 해당 물질의 공장이 생긴다는 것은 절대 무시할 정보가 아니다.

"이거 진짜로 만들 거야?"

"응? 아니야. 만들고 싶어도 못 만들어."

"왜?"

"땅이 없거든."

미리 준비한 공장 지대는 이미 세계의 공장들이 이전해서 추첨을 받아 들어갈 정도로 포화 상태가 되어 가고 있다.

"안 그래도 땅을 더 확보해서 공장을 만들어야 해. 그런 것까지 감안하면 빨라야 5년? 하지만 중국이 그걸 알까?"

알 리가 없다.

설사 안다고 해도, 설마 하며 무시해 버리기에는 돈이 어마어마하게 걸려 있다.

"당연히 공산당원들은 난리가 나겠지."

그런데 이 와중에 항진 인더스트리의 사장이 독단적으로 한국에 공급을 끊는다? 당장 모가지가 날아갈 거다.

"그리고 공산당은 절대로 후환을 남겨 두는 타입이 아니야."

당연히 재기해서 자기의 뒤를 칠 가능성을 막기 위해 항진 인더스트리 사장의 모든 것을 털어서 영원히 감옥에 처박아 버릴 거다.

"그러면?"

"이제 우리는 마음대로 할 수 있다는 거지."

"하지만 그렇게 해도 손하균은 못 막는다며?"

중국은 중국이고 손하균은 손하균이다.

"아, 못 막는다기보다는 안 막는 거야."

"뭐?"

"두고 보면 알아, 후후후."

손하균은 예상대로 재판부에서 단순히 초대받아서 놀러 간 것일 뿐이라고 주장했다.

자신들은 기무라 이케다가 오노 다츠키라고 생각했으며, 온라인상으로 친해진 거라 진짜 신분은 몰랐다고 주장했다.

또한 오노 다츠키라고 주장하도록 했다는 증언에 대해서는 자신들은 모르는 일이라고 딱 잡아뗐다.

실제로 그렇게 부탁한 건 메이우와 위란이 아니라 제3자였고 그들이 자신들의 신분을 알려 준 것도 아니기에, 모른다고 딱 잡아떼자 오광훈 입장에서는 그걸 시킨 게 두 사람이라는 걸 증명할 방법이 없었다.

오광훈이 아무리 열심히 공격하고 약점을 물어뜯어도 이미 답은 나와 있었고, 그게 손하균의 힘이었다.

결국 1심 재판부는 오광훈 속이 터지는 이야기를 했다.

"무죄를 선고합니다."

"이런 씨발."

이를 박박 가는 오광훈.

말도 안 되는 주장이고 누가 봐도 살인마인데 그냥 풀어

이것이 법이다

준다니.

"아니, 씨발. 이게 말이나 되느냐고!"

결국 패배하고 재판정에서 나오면서 손하균을 노려보는 오광훈.

그런 오광훈을, 손하균은 코웃음 치면서 깔보는 시선으로 내려다봤다.

그때 그 옆에 위란과 함께 서 있던 메이우가 갑자기 무슨 생각을 했는지 오광훈에게 다가와 크게 소리 질렀다.

"하하하, 이 나라는 날 처벌 못 해! 이게 이 나라의 한계 다!"

"저, 저……."

오광훈은 당장이라도 때려죽이고 싶은 그의 모습에 애써 화를 삼킬 뿐 달리 할 수 있는 게 없었다.

"넌…… 오늘 그 말을 후회할 거다."

"후회? 후회하게 해 봐! 하하하!"

"과연 최후의 순간에도 그렇게 웃을 수 있는지 두고 보 자."

오광훈은 그렇게 말했다.

⚖️

"뭐라고? 망명?"

승리의 순간은 짧았다.

갑자기 메이우와 위란이 다급하게 찾아와서 한국으로 망명하고 싶다고 하자 손하균은 당혹감을 감출 수가 없었다.

"우리는 중국에 가면 죽어!"

"무슨 소리야?"

"당에서 나를 죽이려고 작정했단 말이야!"

아버지가 항진 인더스트리의 운영자다. 그리고 태자당이다. 그래서 뭘 해도 된다고 생각했다.

그런데 상황이 이상하게 돌아가기 시작했다.

인도에 공장을 건설한다는 발표가 나자 공산당은 당연히 난리가 났고, 왜 그런 결정이 났는지에 대해 조사를 시작했다.

그리고 금방 알아차렸다.

메이우와 위란의 행동에 대해서도, 그걸 감춰 온 항진 인더스트리에 대해서도.

그리고 하필이면 그걸 알아낸 게 태자당 내부에서도 관얼다이였다.

정확하게는, 노형진이 정보를 그쪽으로 슬쩍 흘린 것이지만.

당연하게도 관얼다이는 난리가 났다.

메이우와 그 집안 때문에 항진 인더스트리라는 돈줄이 날아가게 생겼으니까.

당연히 관얼다이에서는 게거품을 물었다.

그리고 이번 일은 홍얼다이 측에서도 실드를 쳐 줄 수가 없었다.

그럴 수밖에 없는 게, 홍얼다이가 관얼다이보다 우월하다고 주장하는 이유가 바로 자기들은 여유가 있기 때문에 관얼다이보다 훨씬 청렴하고 깨끗하다는 것이었으니까.

물론 개소리였지만 어쨌거나 계속 그렇게 주장해 왔는데, 지금은 쉰 명이 넘는 아이를 살해한 상황이라 편들어 줄 수가 없었다.

더군다나 항진 인더스트리의 주주로 있는 건 관얼다이만이 아니었다.

결과적으로 태자당 전부가 들고일어나서 항진 인더스트리를 쪼아 대는 상황이었다.

"아니, 그래서 갑자기 망명을 하겠다고?"

"그래."

"후우…… 돌겠네."

손하균은 긴 한숨을 내쉬었다.

왜냐, 한국은 망명을 받아 주지 않는 나라로 유명하기 때문이다.

물론 아예 안 받아 주는 것은 아니다. 하지만 확실하게 억울한 피해를 입어야 가능하다.

정치적으로 탄압받는 걸 넘어서 목숨이 위협받지 않으면 한국은 절대로 망명을 허락하지 않는다.

"너희는 대상이 안 돼."

"아니, 뭔 소리야! 법적으로는 뭐든 할 수 있다며!"

"할 수야 있지."

망명 소송? 사실 하려면 할 수도 있다.

손하균의 힘이라면 설사 살인마인 메이우와 위란이라고 해도 망명 소송에서 이겨서 한국에 있게 할 수 있다.

하지만 그럴 이유가 있을까?

"네가 말이야, 망명 신청을 하면? 중국에 있는 너희 가족은 어떻게 되는 거지?"

"뭐?"

"너희가 망명 신청을 하면 말이야. 중국에 있는 가족의 미래는 어떻게 되느냐고."

"그게 중요해?"

"나한테는 중요하지."

손하균은 차갑게 말했다.

그가 그 무거운 엉덩이를 이끌고 소송에 끼어들어서 이긴 이유가 뭔가?

궁극적으로 꽌시가 되어 자신에게 도움이 될 거라 생각해서다.

하지만 이제는 상황이 달라졌다.

들어 보니 이미 그의 아버지는 항진 인더스트리와 관련해서 다른 태자당 멤버들에게 공격받고 있다.

아무리 그가 힘이 있다고 해도 태자당 전부가 공격하는데 과연 버틸 수 있을까?

더군다나 메이우는 지금 망명을 생각하고 있다.

설사 손하균이 받아 주지 않는다고 해도 아마 다른 변호사를 선임해서 망명을 신청할 거다.

그렇게 되면 과연 중국 공산당이 미쳤다고 망명자의 아버지를 핵심 자리에 둘까? 그럴 리가 없다.

"넌 나한테 필요 없어."

"뭐?"

"네가 나한테 도움이 된다면 살인을 저질렀든 학살을 저질렀든 내가 알 바 아니지. 하지만 넌 이제 나한테 도움이 안 돼. 그런데 내가 왜 너 따위의 사건을 받아 줘야 하지?"

"돈…… 돈은 얼마든지 주마."

"하? 돈? 내가 돈이 없어서 너 따위의 사건을 받아 준 거라 생각하는 건가?"

중국의 꽌시가 얼마나 강한 힘을 가지고 있는지 알기에 도와준 거다.

하지만 그게 아니라면 이제 상관없다.

"거부하지."

"돈 준다니까!"

"너 따위는 필요 없어. 가서 죽어 버려!"

"그, 그런……."

메이우는 절망했고, 그대로 고개를 푹 숙였다. 그리고 힘

없이 그곳을 나갔다.

홀로 사무실에 남은 손하균은 몸을 돌려서 저 아래를 내려다보면서 중얼거렸다.

"노형진이라……."

재판에서는 이겼다. 하지만 이걸 이겼다고 해야 할까?

"노형진…… 노형진……."

손하균은 마치 저주하듯 그 이름을 계속 곱씹었다.

몇 달 후.

노형진은 지난 아동 살인 사건의 피해자 가족들을 모았다. 그리고 시골에 있는 어느 강당으로 데려갔다.

"도대체 우리를 왜 여기에 오게 한 겁니까?"

그 몇 달 사이 피해자 가족들은 대부분 초췌해져 있었다.

당연하다. 법원에서 자신의 자식을 죽인 범인을 풀어 줬으니까.

"복수의 완성을 알려 드리기 위해서입니다."

"복수의 완성? 지금 그게 말이 됩니까? 그놈은 중국으로 이미 도망갔어요."

"도망간 게 아니라 잡혀간 겁니다."

"뭐라고요?"

"지금부터 보여 드리는 장면은 잔인하고 혐오스러울 겁니다. 보기 싫다면 지금 나가시면 됩니다. 다만 이건 확실하게 말씀드릴 수 있습니다. 이건 복수의 완성입니다."

노형진의 말에 다들 그냥 자리에 있었다.

"잔인이라……. 이 현실보다 잔인한 게 또 있을까요……."

그 말이 모두의 마음을 대면하는 말이리라.

"알겠습니다. 그러면 바로 진행하겠습니다."

노형진은 그렇게 말하고는 단상에서 내려왔다.

곧 무대 뒤에서 기다란 스크린이 내려왔고 강당의 창문마다 암막이 드리워졌다.

이곳은 영상을 틀어 줄 수 있는 그런 강당이었던 것이다.

그리고 천천히 떠오르는 영상.

그 영상을 본 사람들은 눈을 뗄 수가 없었다.

─으아! 살려 줘! 살려 줘! 제발 살려 줘!

─엄마, 아빠, 살려 줘여!

─살려 줘! 잘못했어! 제발…… 제발 살려 줘!

─다시는 안 그럴게! 살려 줘요!

살려 달라고 고래고래 소리를 지르면서 몸부림치는 메이우와 위란.

그러나 그걸 보는 인민 해방군 군인들의 시선은 차갑기 그

지없었다.

　-묶어.
　-안 돼! 내가 누군지 알아! 난 태자당이란 말이다!
　-난 잘못 없어요! 이 새끼가 시킨 거란 말이야!

　울부짖는 두 사람.
　하지만 인민 해방군은 그들을 질질 끌고 가서 나무에 묶었다.

　-이 새끼들아, 놔! 놓으라고!
　-시끄럽군. 재갈 물려!
　-읍읍읍!
　-으으읍!

　고정된 나무에 묶이고 입에 재갈이 물린 둘은 공포에 질려 바지에 똥오줌을 줄줄 싸기 시작했다.
　그러나 처벌을 집행하는 장교에게는 일말의 자비심도 없었다.

　-조준!

고정된 나무에 묶인 두 사람. 그리고 그 두 사람을 조준하는 스무 명의 인민 해방군.

   -발사!

타타타탕.
한순간 총알이 발사되었고 총에 맞은 두 사람은 그대로 축 늘어졌다.
하지만 그게 끝이 아니었다.

   -발사!

타타타탕.
몸에 총알이 틀어박힐 때마다 이미 죽은 두 사람의 몸이 경련을 일으켰다.

   -발사!

타타타탕.
세 번의 연속된 발사.
이미 수십 발의 총알을 맞은 두 사람의 몸은 걸레짝이 되었고 주변은 피로 흥건해졌다.

"읍."

일부는 구역질이 나는 듯 입을 가렸다.

하지만 그 누구도 화면에서 눈을 떼려고 하지는 않았다.

–대기.

형을 집행한 장교는 병사들을 대기시키고는 터벅터벅 축
늘어진 메이우와 위란에게 다가갔다. 그리고 이리저리 살펴
면서 두 사람의 생사를 확인했다.

사실 확인할 필요조차도 없었지만 말이다.

그리고 마치 확인 사살이라도 하려는 듯 권총을 꺼내서 두
사람의 머리에 대고 그대로 방아쇠를 당겼다.

–탕탕!

두 사람의 머리에서 뇌수가 터져 나가며 영상은 끝났다.

"옆에 보시면 봉투가 있습니다."

노형진은 불을 켜면서 말했다.

그러자 몇몇은 봉투를 잡고 토악질을 하기 시작했다. 하지
만 다른 사람들은 그저 눈물만 흘렸다.

"한국에서는 죽이지 못했을 겁니다."

노형진의 담담한 말.

"어찌 보면 이게 가장 확실한 복수입니다."

"……."

"영상의 복사본은 입구에 준비해 놨습니다. 가지고 가실 분은 가지고 가세요. 아, 공개는 하지 마세요. 나중에 곤란해지실 수 있습니다."

노형진의 말이 끝난 후에도 한참을 울던 사람들은 하나둘씩 그곳을 떠났다.

그리고 입구에 미리 만들어 둔 복사본은 단 하나도 남지 않았다.

⚖

그렇게 모두가 떠난 자리.

멍하니 서서 하늘을 올려다보는 노형진에게 오광훈이 다가왔다.

"늦었다?"

"반정상 그 새끼 구속시키느라고. 많이도 받아 처먹었더라."

"그래?"

"그나저나, 봤냐?"

"봤지."

"얼마 줬어?"

"1억."

"비싸긴 오질나게 비싸네."

원래 이런 사형 영상은 외부로 유출되지 않는다.

하지만 중국이 아니던가? 사형할 때마다 확인을 위해 촬영하는 걸 알고 있었고, 노형진은 그걸 구하기 위해 적지 않은 돈을 내야 했다.

중국이니까. 돈만 내면 이 정도는 구할 수 있다.

"그래도 평생을 고통스러워할 가족들을 위해서 그 정도는 해 줘야지."

최소한 자식에 대한 복수를 했다는 사실은 알게 해 주는 것.

"그래, 한국에서 편하게 살아가게 하는 것보다는 훨씬 낫지."

"그렇지."

멀어지는 구름을 보면서 노형진은 안타깝게 말했다.

"그 고통이 사라지지는 않을 테지만."

누구도 이해할 수 없는 그 고통은 누구도 어떻게 해 줄 수 없기에, 그는 그저 안타까운 마음으로 입을 꾹 다물 뿐이었다.

범죄의 거래

　―미스터 노, 도움이 좀 필요합니다.

"네? 갑자기요?"

　미국 드림 로펌의 대표인 하이드 맥핀에게서 온 전화에 노형진은 고개를 갸웃했다.

　드림 로펌은 노형진이 미국에 만든 로펌이다.

　하지만 그곳에서 도움을 요청하는 경우는 그다지 없다. 같은 변호사이긴 하지만 미국과 한국은 법체계가 다르기 때문이다.

　물론 노형진이 미국의 법을 모르는 건 아니지만 그래도 소속은 한국 변호사다.

　더군다나 드림 로펌은 업계에서도 소문난, 재능이 넘치는 변호사들로만 구성된 곳이다.

그런데 그런 곳에서 갑자기 도움 요청을 하다니?

"무슨 일 있습니까?"

-음, 솔직히 말하면 없다면 없고 있다면 있는데요.

"무슨 말씀이신지?"

-회사 차원에서 본다면 큰일은 아닙니다. 하지만 의뢰인
들 차원에서는 큰일입니다. 무시하기가 좀 애매해서요.

하이드 맥핀의 말에 노형진은 어리둥절했다.

그는 보통 이런 부탁을 하는 사람이 아니니까.

"무슨 일인데요?"

-공매도 사기입니다.

"공매도 사기요?"

-네.

공매도란 어떤 기업의 가치가 하락할 것을 예상하고 거기
에 투자하는 걸 의미한다.

가령 해당 주식이 지금 1천 원인데 100원까지 떨어진다고
예상되면 그만큼을 빌려서 주식을 파는 거다.

그리고 그 실제 주가가 하락하면 하락한 주식을 사들여서
빌린 주식을 갚는다.

즉, 지금 빌린 주식을 1천 원에 팔고 추후 100원에 사서
주식으로 갚는 거다.

다만 그건 위험도가 있는데, 주가가 폭락하지 않으면 어마

어마한 이자도 내야 하는 데다가 역으로 주가가 급등해도 그 주식을 사서 갚아야 한다는 거다.

한 주당 1천 원일 때 빌렸는데 한 주당 5천 원이 되면 5천 원에 사서 갚아야 한다는 소리다.

－그 범인, 리처드 홍이 한국인 이민자들을 대상으로 공매도 사기를 친 것 같습니다. 피해자들이 지금도 계속 나오고 있으니 피해 금액은 더 나올 겁니다. 같은 한국인이라고 한국인 커뮤니티를 통해 친해진 다음 공매도가 돈이 된다고 포섭했다고 하더군요.

"공매도라……. 하긴, 애널리스트라고 하니 사람들이 믿었겠네요."

리처드 홍은 오랜 시간을 자신이 애널리스트라고 알려 왔기에 다들 의심도 하지 않았다.

실제로 공매도는 어마어마한 돈이 된다. 노형진도 코델09 바이러스의 존재를 알고 있었기에 미리 공매도를 해 둔 상황이었다.

다만 좀 더 시간이 지나야 수익이 나겠지만, 그때는 수십조 단위는 가뿐하게 넘어가는 수익이 발생할 것이다.

"그런데 그게 뭐가 문제죠?"

－코델09바이러스 때문에 공매도가 성공해 버렸습니다.

"네?"

노형진은 고개를 갸웃했다.

─애초에 이건 실패해야 하는 공매도였다는 거죠.

사실 공매도가 성공하기는 힘들다.

이유는 간단하다. 어떤 기업도 갑자기 주가가 그렇게 극단적으로 폭락하지는 않기 때문이다.

물론 약간의 부침이야 있을 수 있다. 하지만 그 부침이라는 것도 어느 정도 절하지, 극단적 공매도를 할 정도로 떨어지지는 않는다.

─그 공매도 대상이 된 기업이 어딘지 아십니까?

"어딘데요?"

─셀러웨이여행입니다.

"아…… 셀러웨이여행이면……."

─난리가 났죠.

셀러웨이여행은 미국 내에서도 어마어마한 규모를 가진 여행 체인이다. 한국으로 치면 우리 투어 정도 되는 포지션이다.

미국의 해외여행의 40% 이상을 차지하는 곳이 바로 셀러웨이여행이다.

"망할 가능성이 없었을 텐데."

물론 노형진은 셀러웨이여행에 대해 알고 있다. 이미 공매도를 쳤으니까.

사실 셀러웨이여행은 내년쯤에 결국 파산하고 만다. 코델 때문이다.

-그게 문제입니다.

정상적인 상황이라면 셀러웨이여행은 망할 수가 없어야 한다.

그런데 코델09바이러스가 퍼지면서 전 세계 여행이 위축되었다.

원래 셀러웨이여행의 주가는 한 주당 39만 원이다. 그런데 현재 한 주당 12만 원까지 떨어졌다.

-거기서 문제가 생긴 거더군요.

"설마, 그러면 그 주식을 안 산 겁니까? 미국의 금융감독이 여간 빡빡하지 않을 텐데요?"

주식을 빌려서 팔고, 떨어진 대로 주식으로 갚아야 한다. 그건 공매도의 기본이다.

그리고 그걸 중간에 꿀꺽할 경우 한국처럼 어설프게 처벌이 떨어지지 않는다.

-사기는 했습니다. 그리고 제대로 공매도를 쳤지요.

"그러면 뭐가 문제입니까?"

문제 될 게 없다.

공매도가 원한을 많이 사는 일이기는 하지만 그렇다고 해서 불법은 아니니까.

사실 애널리스트에게 있어서 공매도의 성공은 어마어마한 성공의 타이틀이다.

더군다나 투자금 2천억짜리 공매도라고 하면 절대 무시할 수 없는 실적이다.

한 주당 27만 원의 수익을 챙긴 거니까. 그야말로 어마어마한 실적이다.

"주식을 안 돌려줬나요?"

―아니요. 돌려줬습니다만.

"그러면요? 뭐가 문제인 겁니까?"

―대신에 수익을 안 돌려주고 있습니다.

"네? 수익을요?"

―네. 수익이 어마어마하니까요. 아시겠지만 원래 39만 원짜리 주식입니다.

그때 주식을 샀다면 51만 주나 된다. 그리고 그 주식이 죄다 17만 원으로 떨어졌다.

그 말은 단순 계산으로도 1,100억이 넘는 수익이 생겼다는 걸 의미한다.

그리고 그걸 본 리처드 홍은 눈이 돌아간 것이다.

"아니, 그러면 금융감독을 하는 정부에서 가만두지 않을 텐데요?"

금융이 흔들리면 자본주의도 흔들린다. 당연히 미국 정부에서도 그런 경우는 처벌을 가혹하게 한다.

'보통'은 말이다.

―보통은 그렇지요. 그런데 리처드 홍이 사법 거래를 걸었습니다.

"얼씨구?"

-그 때문에 난리가 났습니다. 그게 무슨 의미인지 아시죠?

"끄응…… 알 것 같네요."

사법 거래는 미국에 있는 특유의 법률 과정이다.

쉽게 말해서 범죄를 인정하는 조건으로 형량을 대폭 낮춰 주는 건데, 아이러니하게도 극단적인 자본주의적 목적에서 시작되었다.

범죄자의 죄를 증명하기 위해서는 상당한 시간과 돈이 들어간다. 당연하게도 그 시간과 예산이 아까울 수밖에 없는 게 현재 미국의 상황이다.

말로는 천조국이라고 부르지만 미국의 예산이 아주 풍부한 건 아니니까.

그래서 거래를 통해 그 입증책임에 드는 비용을 절감하는 것이 사법 거래의 목적이다.

문제는 이거다.

'이거 죄가 애매한데?'

분명 금융 범죄에 들어가기는 하는데 상황을 봐서는 사기나 다른 걸로 엮기는 애매하다.

공매도를 시도했는데 성공했으니까, 사기의 목적이 있었다면 모르겠지만 그걸로는 안 보이기 때문이다.

그리고 그걸 아직 안 주고 있을 뿐이다.

아직은! 말이다.

결국 이걸 안 주는 걸 가지고 금융 사기로 엮기에는 애매한 부분이 있는 게 사실이다.

애초에 사기라는 건 처음부터 그런 목적을 가지고 접근해야 하니까.

그런데 상황을 봐서는 이런 초대박은 리처드 홍이 예상한 게 아니었다. 그리고 리처드 홍은 돈을 보고 눈깔이 돌아간 거다.

하긴, 천억이다. 그게 누구 애 이름도 아니고, 그 돈이 자신이 컨트롤할 수 있는 계좌에 있으니 유혹이 없으리라고는 볼 수가 없다.

'아니다. 애초에 천억이 아니겠군.'

수익이 천억이고 원래 투자한 2천억이 있으니 총 3천억이다.

더군다나 리처드 홍은 재능이 없는 애널리스트다. 어쩌다 보니 이번에 운이 좋아서 성공한 거지, 또 이런 일이 있을 거라는 보장은 없다.

그러니 사법 거래를 통해 아예 돈을 꿀꺽할 생각을 한 것이다.

"곤란하네요."

사법 거래를 통해 형량을 낮춘다면 아마도 실제 형량은 3년 정도 나올 거다.

원래대로라면 못해도 10년 이상 나와야 하지만, 그게 사법 거래의 함정이다.

　업무상 비용 절감을 위해 만들어진 사법 거래지만 확실한 범죄자의 경우는 사법 거래를 통해 아예 형량을 낮추는 것이다.

　아니면 이길 가능성이 없는 불리한 처지의 누명을 쓴 피해자에게 죄를 뒤집어씌우는 것이든가.

　현실적으로 사법 거래는 득보다는 실이 더 많지만, 여전히 미국에서는 행정적 편의성을 위해 존재하고 있다.

　-네. 문제는 이 사법 거래를 법원에서 받아들일 가능성이 높다는 겁니다.

　"돈은 이미 어디론가 사라진 후고요?"

　-네.

　그다음은 뻔하다. 3년 정도 살고 나와서 느긋하게 평생을 그 돈을 쓰면서 편하게 살겠다는 거다.

　'그러고 보니 한국에서도 그런 조사가 있었지?'

　한 3년쯤 감옥에 갔다 오는 대신 10억을 준다면 감옥에 가겠느냐는 질문에 한국의 고등학생 30% 정도가 가겠다는 선택을 했다.

　고작 10억 가지고도 그 정도 상황이 벌어지는데, 천억이라니.

　"그런데 이해가 안 가는군요. 도대체 미 정부에서 왜 이딴 거래를 받아들인다는 겁니까?"

이건 말 그대로 '거래'다. 즉, 미국 법원에서 받아들이지 않으면 그만이다.

─오드빌매니지먼트가 붙었습니다. 아실는지는 모르겠습니다만.

"오드빌요? 그 악마들이요?"

─아십니까?

"알죠. 하아."

오드빌매니지먼트.

이름만 들으면 마치 엔터테인먼트 쪽 회사 같지만 그들은 연예계와는 전혀 관련이 없는 회사다.

미국은 로비가 합법이다. 그리고 오드빌매니지먼트는 그런 로비 기업이다.

한국에서야 무슨 로비 기업이 있냐고 할지도 모르지만 미국은 그게 합법이니까 가능하다.

그리고 그들의 능력은 유명하다.

노형진이 그들을 악마라고 부르는 데에는 이유가 있다.

그들이 대표하는 가장 유명한 의뢰인은 다름 아닌 일본이다.

로비스트를 통한 정치적 행위가 합법이기에, 한국도 일본도 매년 적지 않은 돈을 로비스트를 통해 미국 정부에 찔러넣는다.

'그러고 보니 한국 로비스트도 문제가 많았지? 그거 알아

보라고 해야겠네.'

한국 로비스트는 재미 한국인이 애초에 눈먼 돈을 따먹으려고 만든 회사였다.

안 그래도 한국에서 미국에 로비 비용으로 쓰는 돈은 40억 정도. 그마저도 로비스트들이 슈킹 하고 남은 돈 30억 정도만 로비 비용으로 지급된다.

당연히 로비스트라고 해도 급이 있기 때문에 재미 한국인이 만든 그 기업에서 접선할 수 있는 한계는 명확하다.

즉, 돈을 줄 수는 있지만 그들이 경제나 외교에 실리적인 이익을 낼 수 있는 수준은 아니라는 거다.

단순히 그들은 돈을 주고 로비를 했다는 점을 내세워 자신들의 존재를 증명해서 정부에서 주는 돈을 빼돌리고 있을 뿐이다.

그에 반해 일본에서 매년 로비 비용으로 나가는 돈은 대략 4천억. 그리고 그걸 이용해서 로비하는 곳이 바로 오드빌매니지먼트다.

당연히 금액이 큰 만큼 그들의 인맥은 어마어마하다.

소문으로는 오드빌의 대표쯤 되면 부통령도 독대할 수 있다던가?

물론 미국의 부통령이 전통적으로 힘이 있는 것은 아니고 유사시를 대비하는 존재이긴 하지만, 어찌 되었건 부통령이라는 직함은 대통령에게 직접적으로 영향력을 행사할 수 있는 위치다.

즉, 그와 독대한다는 것 자체가 미국의 대통령에게 간접적으로 영향력을 투사할 수 있다는 소리다.

'하아, 그런데도 맨날 미국 정부는 친일이라고 찡찡거리기나 하니.'

애초에 세상은 이상적이지 않다. 정치인도 욕심이 있다.

당연히 주머니를 수천억대로 채워 주는 사람이 우선이지 돈 한 푼 안 주는 한국을 편들어 줄 정치인은 없다.

세상은 결코 이상적으로 굴러가지 않는다. 아무리 자신들에게 정의가 있어도 결국 돈이 우선시되는 게 정치판이다.

"오드빌이라면 유명하지요."

미국의 5대 로비 기업에 들어가는 게 바로 오드빌이니까.

"그런 쪽에서 붙었다면……."

물론 정치인이 아니라 사법 로비는 불법이다. 하지만 애초에 그런 걸 지킬 리가 없다.

당장 부자병이라는 말도 그렇다.

돈이 있는 부자라서 공감 능력이 떨어지고 도리어 소비에 집착한다는 이유로 부자병이라고 범죄자를 풀어 준 판사가 있었는데, 상식적으로 부자병이라는 학술적으로 인정되는 병 같은 건 없을뿐더러 애초에 공감 능력이 떨어지는 사이코패스나 소시오패스는 법률상 감형 대상도 아니다.

그럼에도 불구하고 부자병이라는 이유로 살인범을 풀어

준 미국 법원이다. 당연하게도 검사는 그 판결에 이의신청을 하지 않았다.

과연 재판장들과 검사가 한꺼번에 미쳐서 그런 판결을 했을까, 아니면 뭔가 받아 처먹고 그런 결정을 내렸을까?

어렵지 않은 추측이다.

"피해자들 입장에서는 환장할 노릇이겠군요."

미국의 처벌이 강한 건 기본적으로 금융시장의 안정 목적이지만 이런 사건으로 번 돈으로 떵떵거리면서 살지 못하게 하려는 것도 있다.

만일 그게 가능하다면 누구나 이런 사고를 칠 테니까.

하지만 사법 거래를 받아들이고 3년 정도 산다면? 해 볼 만하기는 하다.

"혹시 말입니다, 그 리처드 홍이라는 놈, 미국인입니까?"

—애석하게도 아닙니다. 한국인입니다. 한국 이름이 홍규혼이더군요.

"한국인이라……. 그러면 이민을 간 건가요?"

—미국 시민권을 가진 건 아니고, 미국 영주권을 가지고 있습니다.

"얼씨구."

노형진은 그 말에 혀를 끌끌 찼다.

"그러면 수감이 끝나면 미국에서 한국으로 추방되겠군요."

－그러겠지요.

시민권은 말 그대로 그 나라의 국민이라는 소리다. 이런 경우에는 추방되지 않는다.

그 나라의 국민이니까 당연히 그 나라에서 처벌받고 끝인 거다.

하지만 영주권은 거기에 거주할 권리다. 그렇기에 범죄와 관련되는 경우 박탈당한다.

"아무래도 작정한 것 같은데."

3년을 살고 나서 미국에서 추방당한다면? 당연히 원국적지인 한국으로 오게 된다.

그리고 국제 규약에 따라, 미국에서 처벌받은 사기에 관해 한국에서 다시 처벌할 수는 없다.

물론 미국에 있는 피해자들이 민사소송 등을 통해 돈을 돌려 달라고 할 수는 있다.

－하지만 불가능할 겁니다.

일단 아무리 무능하다지만 애널리스트라는 타이틀을 딴지 치기로 따지는 않았을 테고, 아마 수익의 대부분은 다른 나라에 감춰 둘 거다.

그리고 대한민국 법원은 힘이 없다.

아무리 법원에서 판결을 내린다고 한들 다른 나라에서 그걸 열어서 돈을 줄 리가 없다.

"더군다나 한국은 카드가 잘되어 있으니까요."

현금 위주로 돌아가는 나라라면 현금을 들고 다녀야 하기 때문에 회수가 가능하다.

하지만 한국은 카드가 잘되어 있다.

해외 카드도 한국에서 사용 가능하고, 당연히 사용된 카드 값은 해외에서 나갈 거다.

그리고 해외 카드사와 은행은 한국 법원의 판결문 따위 쿨하게 씹어 버린다.

물론 적용이 불가능한 건 아니지만 그마저도 사전에 정보가 새어 나가면 옮기면 그만이다.

"복잡하군요."

─네. 엄밀하게 말하면 저희와는 관련이 없습니다만.

사실 의뢰받은 드림 로펌에서는 재판에서만 이기면 된다.

그 후에 받아 내는 것은 드림 로펌과는 전혀 상관없는 일이다.

하지만 드림 로펌은 새론의 영향을 받아서, 최대한 사후 서비스를 지원하려고 한다.

"일단은 미국으로 가야겠군요."

노형진은 눈을 찡그리며 말했다.

⚖

"이 와중에 오실 이유까지는 없는데요?"

공항에서 내리자마자 하이드 맥핀은 노형진을 찾아왔다.

"지금이 아니면 언제 올지 모르니까요."

"하긴, 그렇군요. 한국은 아직 격리 대상이 아니지만 그게 얼마나 갈지 모르죠."

중국은 들어오면 무조건 2주 격리다. 그리고 이탈리아도 그 대상이 되었고, 점점 하나둘 격리 국가들이 늘어나고 있다.

한국의 경우는 지금까지는 훌륭하게 차단하고 있어서 2주 격리 대상이 아니긴 하지만 그렇다고 해서 영원할 수는 없다.

"그 전에 쇼핑도 좀 해야 하고요."

"쇼핑?"

"뭐, 이 상황에서 어떤 꼬라지가 될지는 다 알지 않습니까?"

"하긴, 그렇지요."

하이드 맥핀은 고개를 끄덕거렸다.

노형진이 물건이 아니라 기업을 쇼핑하러 왔다는 걸 바로 알아차린 것이다.

"일단 당분간은 오지 못할 테니 이왕 온 김에 다 해결해야지요. 그나저나 오드빌은 뭐랍니까?"

"뭐, 공식적으로 받아들인 거에 대해서는 말 못 한다는 말뿐입니다."

"하지만 나선 건 확실하고요?"

"네, 확실합니다."

"흠."

노형진은 그 말에 고민했다.

'하긴, 사법 거래에 관련된 협상을 외부에 발설할 수는 없겠지.'

더군다나 3천억이라는 돈이 과연 단순히 판검사 수준에서 끝났을까?

"어디까지 올라갔다고 생각하십니까?"

"저희 예상으로는 주 정부까지는 올라갔을 거라고 생각합니다."

"주 정부라면 거의 끝까지 올라간 셈이군요."

"그만한 돈이니까요."

미국은 주별로 법이 다르다. 당연히 판사도 따로 뽑는다.

즉, 주 정부에 올라갔다면 한국으로 치면 정부 부처급까지 올라갔다는 소리다.

"리처드 홍은 뭐 하고 있습니까?"

"현재는 호텔에서 지내고 있습니다."

"구속은 안 된 모양이군요."

"사법 거래가 될 게 확실하니까요."

그런 경우에 도주할 이유는 없다. 도주해 봐야 당연히 처벌만 강해질 뿐이니.

"일단 타시죠."

하이드 맥핀의 차에 탄 노형진은 창밖으로 흐르는 풍경을 바라보았다. 그리고 속으로 혀를 끌끌 찼다.

"아직까지도 마스크를 쓰는 사람이 거의 없군. 하긴, 그러니까 미국이지."

이제 슬슬 확진자가 나오는 시점이다. 사망자의 존재가 그다지 드러나지 않은 상황이니 경각심이 없는 거다.

"회사에서는 무슨 말 없습니까?"

"솔직하게 말씀드리면 직원들과 변호사들 사이에서 불만이 팽배합니다. 업무 중에도 마스크를 쓰고 움직일 때마다 열을 재고, 귀찮으니까요. 일부는 마스크 강제 착용이 자신의 자유를 침해하는 행동이라고 고소하겠답니다."

"하라고 하시고, 그런 사람은 자르세요."

"네?"

"방역이 기본입니다. 그걸 따르지 않는다면 각오해야지요. 아, 그리고 고의적으로 방역을 지키지 않아서 회사에 질병을 퍼트리는 경우에는 그로 인한 손해배상을 한다고 확실하게 못 박아 두시고요."

"그렇게까지 말입니까?"

"그렇게 해야 합니다. 몇 년은 지옥이 열릴 테니까요."

그 말에 하이드는 아무런 말도 하지 못했다. 지금까지 노형진의 말은 틀린 적이 없으니까.

"그나저나 뻔뻔하게 호텔이라······. 마지막 즐거움이라도 누릴 생각인 걸까요?"

하긴, 어딜 가기도 힘들 거다. 도주하려 한다고 의심받으면 당연히 협상도 물 건너가는 셈이니까.

"그래서 사법 거래는 어디까지 진행되었답니까?"

"모르겠습니다. 검찰 내부에서도 말해 주지 않아서요. 하지만 거의 확정적으로 통과되겠지요."

"거참, 이놈의 사법 거래는 예나 지금이나 머리 아프게 하네."

"네?"

"아니요. 아닙니다. 그런 게 있습니다."

사실 이 사법 거래라는 건 미국에서 변호사를 하는 사람들은 피해 갈 수 없는 일이다.

왜냐하면 의외로 미국의 처벌의 97%가 이 사법 거래를 통해 이루어지기 때문이다.

검사는 사법 거래를 하면 일이 줄어들고 쉽게 실적을 올리고, 피의자는 형량을 줄일 수 있다.

그런데 왜 변호사가 바쁘냐면, 이 사법 거래의 권한은 검사에게 있지 경찰에게는 없기 때문이다.

그 때문에 미국의 경찰에서 사법 거래를 통해 형량을 줄이겠다고 하는 행동은 불법이고, 기본적으로 그렇게 믿고 진술한 증언은 법원에서 인정하지 않는다.

그래서 모든 사법 거래는 검사와 변호사가 있어야 이루어진다.

당연히 사법 거래를 하는 건 변호사에게는 가장 최소한의 기본 소양이다.

'내가 미국에 와서 그것 때문에 얼마나 황당했던지.'

한국처럼 유무죄를 따지는 게 아니라 내가 범인이니까 사법 거래를 통해 형량 좀 줄여 달라고 나오는 건 예상하지 못했으니까.

그건 그나마도 이해하는데, 피의자는 무죄를 주장하는데 검사가 사법 거래를 걸어 버리면 여러모로 곤란하다.

죄를 인정하고 6개월 살 것이냐, 아니면 버티다가 못 이겨서 3년을 살 것이냐.

문제는 대부분의 경우 전자를 선택해서, 억울하게 감옥에 가는 사람들이 생각보다 많다는 거다.

더 큰 문제는 나중에 진범이 잡혔을 때 발생한다.

억울하다고 주장하다가 감옥에 가면 나중에 범인이 잡혔을 때 진짜 인생을 바꿀 수 있을 정도의 돈을 받아 낼 수 있는 곳이 미국이지만, 사법 거래로 감옥에 가면 일단 자기 죄를 인정한 것이기 때문에 나중에 진짜 범인이 잡혀도 배상을 못 받는다.

"그렇다고 그걸 없애면 아마 대혼란이 올 겁니다."

"하긴, 그러겠지요."

안 그래도 미국은 어마어마한 업무량과 고질적인 수형 시설 부족으로 고통받고 있는데, 아마 그걸 없애면 인력과 수형 시설을 두 배, 아니 세 배쯤 늘려도 부족할 거다.

쉽게 말해서 최악을 피하기 위해 차악을 선택한 셈이다.

"중요한 건 일단 오드빌에서는 그걸 통해 리처드 홍을 풀어 줄 생각이라는 거죠."

"다른 건 없습니까? 솔직히 돈만 가지고 가능할지 의심이 좀 가는데."

"아마도 없을 겁니다."

사법 거래는 단순히 형량만 가지고 하는 건 아니다.

의외로 사법 거래의 폭은 넓어서, 자신의 죄뿐만 아니라 타인의 죄, 즉 고발을 조건으로 하는 경우도 종종 있다.

"하지만 이야기를 들어 보니 리처드 홍이 정보를 충분히 가진 인물은 아니더군요."

능력이 있는 사람도 아니고 그렇다고 정보를 얻을 만큼 높은 자리나 예민한 자리에 있던 사람도 아니었다.

도리어 퇴출 직전의 애널리스트였다.

"그런데 도대체 뭔 생각을 한 거랍니까? 2천억대의 거래량이라니."

"모 아니면 도였던 거죠."

퇴출이 확정된 상황이고, 그가 그 자리를 지키는 것은 사실상 자신의 거래량을 늘리는 것뿐이었다.

그래서 그는 그걸 위해 주변 사람들을 싹 다 긁어모았다.

자신이 다니던 교회의 사람들뿐만 아니라 기존 거래 고객들, 심지어 몰래 훔친 다른 애널리스트의 수첩에서 빼돌린 고객까지.

그렇게 모은 돈이 무려 2천억.

절대 작은 돈이 아니다.

물론 능력 있는 애널리스트들은 그 이상을 운영한다.

당장 마이스터의 애널리스트들의 평균 운영 금액이 2천억이다.

"그걸 모 아니면 도라는 심정으로 공매도에 들이박아 버린 거죠."

돈을 끌어모은 것으로 잠깐은 자리를 지킬 수 있겠지만 그렇다고 해서 계속 자리가 보장되리라는 법은 없다.

아마 시간이 지나면 그 돈의 운영을 다른 사람에게 맡기고 리처드 홍을 자를 가능성이 더 높았을 것이다.

"리처드 홍, 그 사람 한국인이라고 했지요?"

"네, 그렇습니다만. 고등학교까지 한국에서 다니다가 대학교 때 미국으로 왔다고 들었습니다. 미국에 있는 대학으로 진학했다고 하더군요."

"그래서 여행사에 공매도를 걸어 버린 것 같군요."

"네? 그게 무슨 말씀이십니까?"

"한국인이니까요. 음, 전에도 한번 말했는데, 한국은 중국을 기본적으로 믿지 않습니다. 중국이 어떤 나라인지 누구보다 잘 아는 나라 사람이 한국인일걸요."

"아! 그랬지요."

중국은 모든 것에 거짓말을 하고, 모든 것을 자기들 위주로 생각하며, 모든 것을 자기들에게 유리하게 해석한다.

실제로 미국이나 유럽은 중국이 뭐라고 하면 최소한의 믿음은 가지고 듣지만 한국 사람에게 물어본다면?

'당연히 믿을 걸 믿으라는 말이 나오겠지.'

한국인이니까. 한국인으로서 자라면서 중국이 얼마나 멍청한 짓을 하는지 두 눈으로 똑똑히 봐 왔으니까.

"그래서 아마 눈치 빠르게 중국이 거짓말하는 걸 알았을 겁니다."

중국이 통제되고 있다, 별거 아니라고 이야기할 때 그는 한국인이었기 때문에 그 말을 믿지 않았고, 그래서 그렇게 모은 돈으로 공매도를 걸었을 것이다.

중국이 거짓말하는 거라 생각했으니까.

"그러면 재능이 있었던 게 아니라……."

"말 그대로 운이 좋았던 거죠."

문제는 한국인이라는 이유로 잡을 수 있는 그런 기회는 한 번뿐이라는 거다.

"아마 자기도 알았을 겁니다, 이번에 공매도로 두둑하게 벌었지만 여기에 자기 미래는 없다는 걸."

물론 수익이 천억이나 났다고 하지만 그게 참 애매하다.

유명한 애널리스트들의 경우는 수익이 천억이 넘는 사람

들이 즐비하기 때문이다.

"그래서 미친 짓을 하는 것 같군요."

어차피 애널리스트로서 미래는 없고 나가 봐야 할 수 있는 일도 그다지 없다. 그렇다면 어떻게 해야 할까?

"잠깐 감옥 갔다 와서 그 돈으로 편하게 한국에서 산다 이건가 본데."

노형진은 그 말을 곱씹다가 자신도 모르게 피식 웃었다.

"왜 웃으십니까?"

"아니, 생각해 보니까 이런 사건이 저한테는 흔치 않았다 싶어서요."

"이런 사건이라니요?"

"중간에 이렇게 갑자기 돌변하는 경우 말입니다. 제가 맡는 건 대부분 계획범죄였거든요."

당연한 일이다.

노형진의 실력이 좋은 거야 널리 알려진 사실이고, 처리하기 힘든 건 당연히 처음부터 설계된 사건이지 갑자기 돌변해서 대충 일을 치르는 사건이 아니다.

그런 사건들은 보통은 크게 어렵지 않다.

실수를 할 수밖에 없고, 그로 인해 죄를 증명하기 어렵지 않으니까.

"한국 같으면 이런 건 턱도 없었을 겁니다."

아마 죄를 증명할 수 있었을 테고, 어렵지 않게 재판에서 이겼을 것이다.

"그러면 한국에서는 이런 범죄를 안 저질렀을까요?"

"아뇨. 그래도 했을걸요."

"네? 어째서요?"

"한국은 화이트칼라 범죄에 엄청나게 관대합니다. 솔직히 말하면 여기서는 사법 거래를 통해 3년이지, 한국에서는 아마 최종 재판을 통해 3년 나올 겁니다."

"무슨 말도 안 되는 소리입니까?"

"한국의 사법 시스템이 그래요."

다른 죄가 강한 것도 아니지만 유독 기업과 화이트칼라 범죄에 대해서는 관대를 넘어서 거의 방임 수준이다.

수천억 단위로 돈을 해 처먹은 대기업의 총수에게 징역 1년 6개월 그리고 집행유예 2년이 국룰인 게 대한민국이다.

그렇다면 그 대기업 총수가 다시 한번 해 처먹으면 어찌 될까? 지난번 형에 합해서 처벌할까?

아니다. 그때는 징역 1년 6개월, 집행유예 3년쯤으로 늘어나고, 세 번째쯤 되어야 일단 감옥에 보냈다가 한 6개월쯤 지나면 특사로 풀어 줘 버린다.

"그런가요?"

"그나저나 어찌 되었건 공부는 잘한 모양인데."

그렇지 않았다면 미국의 대학에까지 와서 공부하고 거기다가 영주권을 얻을 수 있었을 리가 없다.

의외로 영주권은 쉽게 나오지 않기 때문이다.

미국은 자신들에게 도움이 되지 않는다고 생각하면 10년을 살건 100년을 살건 영주권을 주지 않는다.

"공부를 잘한다고 해서 모든 것에 대한 재능이 있는 건 아니죠."

"하긴, 그건 그렇습니다만."

공부를 잘할 수는 있다. 하지만 그건 학자 타입이지 애널리스트 같은 타입은 아니다.

애널리스트 타입의 직업은 숫자 계산이 아니라 분석 능력과 통찰력이 필요하다.

변호사와 비슷한 건데, 기업은 시중에 자신들에게 유리한 정보만 공개하니까. 분식 회계라는 방법이 괜히 생긴 게 아니다.

그러나 애널리스트는 그러한 정보 안에서 이상한 점을 발견하고 그걸 기반으로 투자의 결정을 해야 한다.

그런데 그걸 숫자 그대로 믿는 타입의 애널리스트는 필연적으로 실패할 수밖에 없다.

그리고 리처드 홍은 아마 그런 타입일 것이다. 공부야 잘했겠지만 통찰력은 부족한.

'하긴, 한국의 교육이 통찰력과는 거리가 좀 멀지.'

노형진은 쓰게 웃었다.

"어찌 되었건 저희 쪽으로서는 사건이 애매하게 돌아가더군요."

일단 형사 고소와 관련된 모든 자료를 주는 거야 어렵지 않은 일이다. 하지만 이 사법 거래는 자신들이 막을 수 있는 게 아니었다.

"그렇다고 해서 제가 막을 수 있을 것 같지도 않은데요."

한국에서야 이 사법 거래가 불법인지라 노형진이 여러 가지 압력을 행사할 수 있다.

물론 알게 모르게 일종의 선처라는 명목으로 사법 거래가 이루어지고 있는 것은 사실이나, 그렇다고 해서 합법인 것은 아니다.

하지만 미국에서는 합법이고, 그걸 노형진이 항의한다거나 압력을 행사하는 것이 도리어 불법이다.

"그러니까 우리가 공격할 다른 방법을 찾아야 한다는 거군요."

"돈을 받아 내지 못하는 거야 그걸 해결하면 자연스럽게 해결될 일일 테니까요."

돈이 없는 것도 아니고 감춰 두고 있을 뿐이다.

무려 3천억이면, 사법 거래가 없다면 못해도 20년 이상은 나올 돈이다.

'사기 방지의 핵심은 그 돈을 쓰지 못하게 하는 데 있지.'

실제로 한국에서는 과거에 비해 사기가 많이 줄어들었다.

사람들이 착해져서가 아니다.

노형진이 야쿠자와 손잡고 직업을 알선해 주면서, 어차피 사기 쳐 봐야 얻는 게 후쿠시마에 가서 방사능에 오염되어 암이나 백혈병으로 뒈지든가, 아니면 야쿠자에게 채권이 매각되어 질질 끌려가서 뒈지게 맞는 미래뿐이라는 것이 사회에 널리 각인되었기 때문이다.

　　그럼에도 있었다, 야쿠자가 두들겨 패고 협박해도 버티는 놈들이.

　　그들은 도리어 경호원까지 고용해서 끌려가지 않으려고 버텼다.

　　그들은 돈이 없는 게 아니라 양심이 없는 거니까.

　　결국 야쿠자들은 그런 자들의 악성 채권을 삼합회에 넘겨 버렸다.

　　그리고 얼마 지나지 않아서 그들은 모두 실종되었다. 경호원들은 두들겨 맞고 실신하거나 실려 갔고 말이다.

　　추적해 보니 야쿠자에게 채권이 있었다는 사실이 밝혀졌고, 이에 야쿠자들에게 확인하니 그들은 자기들이 직접 채권을 삼합회에 넘겼다고 이야기했다.

　　그리고 삼합회는 모르쇠로 버텼다.

　　야쿠자야 그래도 노형진과 거래를 통해 합법적인 영역에서 강제 노역을 시키는 거지만, 삼합회는 사기꾼이 돈을 감춰 두고 있다는 정보를 산 다음 사기꾼을 납치해서 온갖 고문을 하고 돈을 빼앗아 버리는 게 목적이다 보니 애초에 그

끝이 죽음이었으리라는 건 어렵지 않게 추측할 수 있었다.

다만 편하게 죽느냐, 아니면 몇 달이고 고문당하다 죽느냐의 차이가 있을 뿐이었다.

실제로 실종된 사기꾼 한 명의 시신이 발견되었는데, 손가락과 발가락이 잘리고 이빨이 생으로 뽑히고 온몸은 흉터로 가득했다.

부검을 한 의사의 말로는 전기 고문의 흔적도 있다고 했다.

그리고 그 사실이 사기꾼들에게 소문나면서 버티는 사람이 없어진 것이다.

삼합회의 누가 했는지도 모르고, 실종된 사람들이 지금은 어디에 있는지도 모르니까.

그나마 할 수 있는 예상은 장기가 털려서 사방으로 흩어졌을 거라는 것 정도?

심지어 발견된 사람은 장기조차도 못 쓸 정도로 고문당해서 버려진 듯했다.

"문제는 그 돈을 쓰지 못하게 하는 데에 한계가 있다는 거죠."

한국으로 추방당하고 나면 미국 재판부에서는 뭐라고 할 수가 없고 한국에서도 결국은 어찌할 수가 없다.

그 돈을 되찾겠다고, 미국으로 이민을 간 이민자들이 모든 걸 다시 버리고 한국으로 돌아올 수도 없는 노릇이고 말이다.

"솔직히 방법이 없어 보입니다만……."

"법적으로는 방법이 없죠. 하지만 다른 방법도 없는 건 아닙니다."

"뭐죠?"

"저쪽도 로비하는 상황이니까 우리도 로비하면 됩니다."

"네? 로비를 한다고요?"

"제가 잘못된 말을 한 건 아니지 않습니까?"

"노 변호사님은 로비를 안 좋아하시지 않습니까?"

합법인 것과 별개로 노형진이 미국의 로비 문화를 좋아하지 않는 것은 사실이었다.

"네. 하지만 그것과 우리가 이기는 건 별개죠."

"별개라고요?"

"무려 3천억이 달린 일입니다. 그걸 그냥 당해 줄 수는 없죠."

"그거야 그런데……."

로비야 할 수 있다. 문제는 누구에게 하느냐는 거다.

"오드빌이라면 아마 재판부나 검사에게 했겠지요. 안 그런가요?"

"그럴 겁니다."

"그러면 그들을 카운터 칠 수 있는 곳을 하면 되죠."

"카운터를 친다고요?"

"네."

"노 변호사님, 한국도 마찬가지겠지만 미국에서 판검사의 권위는 절대적입니다."

그럴 수밖에 없다. 만일 판검사의 권위가 인정받지 못하면 사회적 안정성이 보장되지 않기 때문이다.

범죄자들이 판검사를 병신으로 본다면 사회적 안정성이 제대로 유지되겠는가?

"압니다. 그리고 그들의 명예 역시 인정되고 있지요."

보통 판사라고 하면 한국에서나 미국에서나 국민들은 도둑놈의 새끼라고 이야기한다.

물론 그건 어디까지나 없는 자리에서 하는 이야기다.

그럼 있는 자리에서는?

당연히 우리 판사님이라고 물고 빤다.

그리고 그런 부분에서 한국은 이권으로 물고 빠는 경우가 많다면, 미국은 명예로운 판사님으로 물고 빠는 경우가 많다.

그 이유가 뭐냐면, 실제로 미국의 판사들은 명예직이기 때문이다.

한국에서 성적으로 잘라서 판사를 뽑았던 것과 다르게 미국은 변호사 중에서 공명정대한 사람을 뽑아 판사로 선임한다.

물론 강제는 아니다. 그리고 변호사가 판사보다 훨씬 더 많이 번다.

그러다 보니 판사는 명예스러운 사람이라는 일종의 증명

같은 직업인지라 많이 존경받는다.

더군다나 일부 지역에서는 제한적이나마 법률 전문가, 즉 변호사가 아니라고 하더라도 판사 직위를 준다.

말 그대로 명예직인 것이다.

명예롭기로 말한다면 제일 유명한 게 연방 법원 판사들이다. 이들은 종신권을 가지고 있다.

즉, 이들이 스스로 그만두겠다고 말하거나 심각한 범죄를 저지르지 않는 이상 해직되지 않는다.

또한 이들과 소수의 종신권을 가진 지역 판사들은 행정 판사들을 고용할 권한도 있다.

행정 판사들은 8년의 근무 기간 동안 법원의 주요 업무를 담당한다. 쉽게 말해서 한국으로 치면 1심을 담당하는 판사가 바로 이들이다.

"그리고 그런 판사님들이 제일 싫어하는 게 감옥에 들어가는 거 아닌가요?"

"그야 그렇지요."

하이드 맥핀은 고개를 끄덕거렸다.

명예를 더럽히는 것을 싫어하는 게 판사들이지만 그것보다 더 싫어하는 건 감옥에 가는 거다.

그럴 만한 게, 이 세상에 판검사를 좋아하는 범죄자들은 없으니까.

오죽하면 미국에서도 판사와 검사 그리고 경찰이 감옥에

가면 살아서 나올 가능성이 낮다고 하겠는가?

물론 진짜로 그 정도로 막장은 아니다.

하지만 그것과 별개로 감옥 안에서 판사와 검사 그리고 경찰 출신이 집단 린치 또는 동성 간 강간의 주요 대상이 되는 것은 사실이다.

"그러니까 우리가 좀 더 높은 곳에 로비를 해 준다면야, 뭐."

"좀 더 높은 곳이라고 하면?"

"감찰부 같은 곳 말입니다."

"네?"

노형진의 말에 하이드 맥핀은 멍해졌다.

감찰부에 대한 로비라니. 이건 진짜 생각도 못 했다.

"미국은 로비가 합법입니다. 하지만 우리가 담당하는 판사에 대한 로비는 불법이지요."

그리고 오드빌은 그걸 몰래 하고 있다.

"그런 경우에 우리가 로비스트를 통해 감찰부에 로비를 한다면? 그건 합법일까요, 불법일까요?"

"어…… 아…… 그러니까…… 모르겠군요. 판례가 없어서요."

일단 감찰하는 곳도 사법부 소속인 만큼 로비의 대상으로 곤란한 것 또한 사실이다.

하지만 중요한 건 그들이 재판에 영향을 줄 수 있는 대상이 아니라는 거다.

쉽게 표현하면 '사실은 범죄자로 의심되는 판사가 있는데 그놈을 조사 좀 해 주십시오.'라고 로비를 한다는 건데.

　　"애매하군요."

　　불법으로 보자니 실질적으로 이쪽에서 얻는 이득이 없다. 법은 정상적으로 굴러가야 하니까.

　　반대로 합법으로 보자니, 돈을 주고 '누구 하나 조져 주세요.'라는 것이니 그것도 어렵다.

　　"맞습니다. 아직은 판례가 없지요."

　　일종의 감찰의 지원인 셈이다.

　　"그리고 그걸 우리는 공개적으로 할 겁니다."

　　"공개적으로 말입니까?"

　　"감춰 봐야 의미가 있나요? 솔직히 말씀드리면 오드빌의 정보력이 그렇게 어설플 거라고는 생각하지 않습니다."

　　"그건 그렇습니다."

　　오드빌이 어떤 놈들인가? 악마라고 불리는 로비스트들이다.

　　그리고 세상에서 정보력 없이 로비하는 놈들은 없다.

　　정치적 문제에 관해서는 FBI나 CIA 같은 곳들과도 견줄 만한 게 로비스트들이다.

　　"우리가 로비를 시작하는 순간 알아차릴 겁니다."

　　감출 수 없다? 그러면 차라리 대놓고 말하면 된다.

　　"그렇게 되면 사건을 담당하는 행정 판사들의 기분이 어떨까요?"

"아, 하긴, 그렇겠네요. 오드빌이 미치지 않고서야 종신직을 가진 판사들에게 로비할 리가 없으니까."

종신직을 가진 판사들은 그만큼 명예를 인정받은 사람들이다. 그런 사람들에게 가서 '사실은 이러이러해서 말인데 돈 받고 사법 거래 좀 받아 주십시오.'라고 하면 받아 줄까?

"종신직 판사라고 해서 무조건 거부한다는 건 아닙니다만 그건 어디까지나 피해자가 없는, 정치적 결단이 필요한 사건에 한해서입니다."

이건 명백하게 피해자가 있고, 한두 명이 아니며, 심지어 피해액이 3천억이다.

그런데 돈을 대가로 사법 거래를 받아들일 리가 없다.

"제가 아는 종신직 판사들이라면 만화에 나오는 '나를 우롱하는 겐가? 라고 하기에는 너무 많은 돈이었다.'라는 대사를 씹어 줄 사람들일 겁니다."

"결국 그걸 받아들일 건 임기를 가진 일반 행정 판사라는 거군요."

"네. 애초에 이제 1심입니다. 1심부터 종신직 판사로 가는 경우는 없으니까요."

최소한 상급심이나 가야 종신직이 나오지 1심은 무조건 행정 판사다.

"2심에 가기 위해서는 검사가 다시 이의신청을 해야 하는

데 말이지요."

사법 거래는 결국 판사와 검사 그리고 피의자의 거래다.

즉, 누구도 이의신청을 하지 않을 테니 당연히 이 사건은 거기서 끝이라는 거다.

"하지만 감찰부에 로비한다는 소문이 돌면 아마 담당 판사와 검사는 기분이 참으로 멜랑콜리 할 겁니다."

"하긴, 그렇겠죠. 두려움이 찾아올 테니까."

한국에서 멜랑콜리라고 하면 어떤 만화 때문인지 왠지 성적인 코드가 살짝 섞인 약간은 야시시한 느낌이 있지만, 원래 멜랑콜리는 그게 아니라 정체를 알 수 없는 긴 우울감을 뜻한다. 한국으로 치면 비애 같은 느낌이랄까?

그리고 그 소식을 들으면 판검사들이 다들 그런 기분이 들 거다.

언제 자신의 주소지가 교도소로 옮겨져서 엉덩이가 따일지 알 수가 없으니까.

"아마 사법 거래에 관해 한 번 더 생각하게 될 겁니다."

"그렇기는 하지만 오드빌이 역으로 로비할 수도 있지 않습니까?"

"아, 그럴 수도 있지요."

오드빌이 로비스트계의 악마라고 불리는 데에는 다 이유가 있으니까.

그러나 노형진은 그것까지 감안하고 이 계획을 준비한 거다.

"하지만 쉽지는 않을 겁니다. 우리와 목적이 다르니까요."

"목적이 다르다니요?"

"우리의 로비 목적은 '재판 과정에서 불법이 이루어지고 있는 것 같으니 감사를 좀 해 주십시오.'입니다."

감사 권한을 가진 곳에 대한 로비라는 초유의 사태이기는 하지만 일단 불법은 아니다. 도리어 불법을 잡아 달라고 부탁하는 거다.

"하지만 오드빌은……. 그렇군요. 그들은 그럴 처지가 아니게 되는군요."

이쪽에서 먼저 로비했고, 그 내용은 부정의 감사.

그런데 그걸 막기 위해서는 역로비를 해야 한다, 돈을 쥐여 주면서.

'우리가 재판에서 돈 좀 받고 짝짜꿍을 하고 싶은데 눈 좀 감아 주세요.'라고 로비해야 하는 셈이다.

"감사하는 곳을 대상으로 그런 로비를 한다고요?"

"하하하, 미치지 않고서야 그 짓은 못 하겠네요."

감사할 때 동원되는 사람들이 한두 명도 아니고 그들 중 한 명만 정의감을 가지고 눈깔 돌아가서 '사실은 이런 로비 받았어요!'이라고 야부리를 털어 버리면 그때는 같이 감사하던 감사 팀의 목이 줄줄이 날아간다.

'날아가는 정도가 아니라 같이 주소지를 교도소로 옮기고

엉덩이를 따이겠지.'

　로비스트가 합법이고 로비도 합법이라지만 사회적으로 좋아 보이지 않는 것은 사실.

　당연히 로비의 기본은 보이지 않는 것이다.

　하지만 보여도 되는 노형진 측과 다르게 그들은 절대 보이지 않아야 한다.

　"과연 오드빌이 어떻게 이걸 막을지 궁금한데요?"

　노형진은 자신도 모르게 싱긋 웃었다.

로비는 거래다

로비를 해야 한다. 하지만 노형진이 직접 찾아가서 할 수
는 없다.

당연히 그걸 해 줄 로비스트를 찾아야 한다.

그렇다면 어느 곳에 맡겨야 할까?

물론 한국을 대신해서 로비하는 기업은 이미 오래전에 가
능성을 지웠다.

억울한 사람을 구하려고 하는 거지 한국인이라는 이유만으
로 엉뚱한 사람 배때기에 기름을 채워 넣을 생각은 없으니까.

그리고 노형진의 마음에 드는 곳이 딱 한 곳 있었다.

"저희 쪽에 로비를 부탁하고 싶다고요?"

화이트스틸의 대표인 쉐인 폴은 노형진에게 확인하듯 되

물었다.

"네."

"흠…… 일단 관련 내용은 봤습니다. 하지만…… 솔직히 말씀드리면 저희가 하기에는 좀…… 작은 사건입니다만."

"좀이 아니라 많이 작지요."

"잘 아시는군요."

이 사람은 충분히 이렇게 말할 만하다. 이곳은 화이트스틸이니까.

스틸이라는 단어가 회사명에 포함되었다고 해서 철강 회사인 것은 아니다. 하지만 그만큼 크고 강력하다.

그럴 만한 게, 이곳은 전미총기협회를 위해 로비하는 곳이니까.

전미총기협회는 당연하게도 미국의 3대 로비 단체 중 하나다.

얼마나 많은 로비를 하는지, 그 많은 총기 사고에도 불구하고 어떤 정치인도 절대 총기 규제를 입에 올리지 않을 정도니까.

"압니다. 알지요. 화이트스틸 입장에서는 너무 작은 로비죠."

오드빌이 미국 5대 로비 기업에 들어간다면 화이트스틸은 3대 기업에 들어간다.

5대 기업과 3대 기업.

큰 차이가 나지 않아 보이지만 그 내면을 들여다보면 생각보다 많은 차이가 난다.

애초에 로비 자금만 봐도, 오드빌이 운영하는 모든 자금을 다 합쳐도 전미총기협회에서 화이트스틸에 주는 로비 자금의 3분의 1도 안 될 정도니까.

"압니다. 그래서 다른 것과 엮어서 부탁할까 합니다."

"다른 거라고요? 마이스터와 미다스의 대리인께서요?"

"마이스터와 미다스라고 해도 미국과 전면전을 할 생각은 없습니다만."

"흠, 그렇다면 들어 보죠. 뭘 의뢰하시려고요?"

"현 세계복지재단에 대한 지원입니다."

"네? 그건 좀 뜬금없는데요."

"뜬금없는 건 아니죠. 지금 돌아가는 꼬라지를 모르시지는 않겠지요? 솔직히 말해서 지금 멀쩡한 국제기구가 몇 개나 있습니까?"

"하하하하, 뭐…… 알고는 있습니다. 뭐, 없다고 봐야겠죠."

"잘 아시네요."

'언제부턴가 세상이 비틀리기 시작했어. 그리고 그 선두에는 일본과 중국이 있고.'

국제기구는 세계적으로 큰 영향력을 가진다. 그래서 일본과 중국은 그런 기구들을 손에 넣기 위해 몸부림쳤다.

"현재 일본과 중국의 손에 떨어지지 않은 국제기구는 없죠."

농담이 아니다.

당장 세계보건기구인 WHO는 코델09바이러스를 퍼트린 중국에 대고 감사하라고 말하고 있다.

과연 WHO만 문제일까? 올림픽을 여는 IOC위원회는 어떨까?

그들은 일본에 접대받고 방사능 천지인 도쿄에서 올림픽을 열기로 했다.

국제통화기금 IMF?

지금이야 움직이지 않지만, 코델09가 퍼진 후에 많은 나라에서 구제금융을 요청했지만 결과적으로 지원받은 건 모두 중국과 친한 나라들뿐이었다.

또한 그들이 국제시장에서 중국에 유리한 금융 규칙을 만들기 위해 움직이는 건 딱히 비밀도 아니다.

유니세프?

중국에서 이루어지는 아동노동에 대해서는 입 닥치고 있다.

세계 자연을 보호한다는 그린피스?

그들이 적극적으로 일본의 포경에 대해 싸우는 걸 본 적이 있는가? 대놓고 상업 포경을 하고 있어도 항의가 끝이다.

가장 큰 국제기구인 유엔?

한국전쟁 때만 해도 '민주주의를 수호하기 위해서 참전하겠습니다.'라고 했던 유엔은 사라졌다.

　지금의 유엔은, 중국에서 티베트 국민들 수천만을 학살하는데도 그에 대해서 입도 뻥긋 못 하고 있다.

　이미 국제기구 대부분이 중국과 일본의 손아귀에 떨어져서 그들의 계획대로 놀아나게 된 지 오래다.

　"그리고 그 이유는, 아시죠?"

　"알죠. 모를 리가요."

　"그리고 그게 얼마나 황당한 일인지도."

　"하긴, 그건 미국인 개인적인 입장에서는 상당히 불만족스러운 부분이기는 하지요."

　전 세계 국제기구들이 필요한 돈의 대부분을 내는 나라는 다름 아닌 미국이다. 최소한 70%가 미국이라는 거대한 국가의 힘으로 굴러간다.

　"그런데 지금 그곳들을 지배하는 건 일본과 중국이지요. 이유는 아시다시피……."

　"돈을 주는 방식의 차이죠."

　미국은 그 돈을 공식적으로 국제기구에 제공한다. 그리고 그 돈으로 국제기구들을 꾸려 간다.

　하지만 일본과 중국은 비공식적으로, 국제기구를 끌어가는 정치인들에게 준다. 그리고 해당 정치인들이 그 국제기구를 운영하는 동안 혜택을 입는다.

"웃기지 않습니까, 미국 덕분에 존재하는 곳들이 사실상 적성국인 중국을 빨아 준다는 게?"

당장 현재 WHO의 사무총장만 해도 그렇다.

지금 중국 돈 받고 신나게 빨아 주는데, 그 때문에 코델09 바이러스가 얼마나 퍼지는지 감도 못 잡을 정도다.

"웃긴 일이죠, 그런 사람이 다른 곳도 아닌 WHO의 사무총장을 한다는 게."

현 사무총장은 가난한 나라 보건부 장관을 한 사람이다.

그런데 웃긴 건, 그가 보건에 대해 가장 기본적인 지식조차도 없는 사람이라는 점이었다.

애초에 최종 경력도 보건이 아니라 외교부로 끝났고, 낙하산으로 정치적 자리를 차지한 사람이었다.

물론 정치적인 자리에 굳이 외교관을 쓰지 말라는 법은 없다. 사실 WHO의 사무총장쯤 되면 실무에 나설 일도 없으니까.

"하지만 그 사람은 벌써 두 번이나 뇌물 수수 혐의로 체포된 경력이 있습니다."

이게 얼마나 황당한 말이냐면, 그의 고국은 정치적 부패도가 상당한 나라 중 하나다. 당연하게도 어지간한 정치인의 부정부패는 '그럴 수도 있지.' 수준으로 넘어간다.

그런 나라에서 두 번이나 부정부패로 처벌받았다는 건 선을 넘어도 한참 넘었다는 거다.

그리고 애초에 그런 사실을 알면서도 각 나라의 대표들이 그를 사무총장으로 뽑았다.

그를 밀어준 건 중국이었고, 중국은 각 나라의 대표들에게 돈을 준 것이다.

즉, 사무총장뿐만 아니라 각 나라의 대표들이 죄다 중국의 돈에 넘어가 있다는 말이다.

WHO가 중국의 지배를 받는다는 대표적인 증거가 바로 게임의 질병화다.

WHO는 게임이 질병이라고 선포했는데, 그들이 그 근거로 삼은 게 바로 중국의 논문들이다.

이를 부정하는 논문이나 반대로 게임은 정신적 스트레스 감소에 효과가 있다는 논문은 철저하게 배제하고 '게임=질병'이라고 발표했는데, 웃긴 건 그게 바로 중국의 비공식적인 입장이라는 거다.

중국은 마치 한국의 80년대처럼 게임하면 인생 조지는 줄 알고 있다.

'그러니 제대로 방역이 될 리가 없지.'

"뭐, 기분 나쁘지만 제가 나설 부분은 아니죠."

로비스트는 로비만 할 뿐이지 선악의 판단은 하지 않는다.

"압니다. 그래서 제가 로비를 부탁하는 겁니다. 선악을 판단하려는 게 아니에요. 로비는 로비일 뿐입니다. 그래서 저희는 로비를 하려고 하는 겁니다."

"그게 세계복지재단의 기구화입니까?"

"그렇습니다."

세계복지재단은 현재 어마어마한 규모를 자랑한다.

몰래몰래 돈을 빼돌리던 다른 자선단체들과 다르게 투명하게 사용 내역을 공개한다.

또한 기존에 무력이 없어 지역 군벌에 질질 끌려다니던 자선단체들과 다르게 본인들을 지킬 정도의 무력은 가지고 있기도 하고 말이다.

그렇다 보니 지원되는 돈이 결코 군벌의 배로 들어가지 않는다. 자칫 덤벼 봤자 군벌의 머리 위로 수백 발의 박격포탄이 떨어질 뿐이다.

농담이 아니라 실제로 세계복지재단은 구소련제 자동 박격포 장비를 가지고 있는데, 일선에서는 도태된 장비지만 지역 군벌을 대상으로 싹쓸이하는 데는 그만한 게 없다.

한 발도 아니고 자동으로 박격포를 분당 십여 발씩 쏴 대니 그 정도면 군벌 하나 날려 보내는 건 일도 아니다.

그걸 몰랐던 지역 군벌 하나가 세계복지재단에서 만든 안전 마을을 습격하여 주민을 학살하자, 세계복지재단은 군벌의 리더가 살던 집에 박격포 300발을 쏴 버렸고 그 작자는 시체도 못 찾았다.

당연하게도 군벌은 소리 소문 없이 사라졌고, 그 후에 누구도 세계복지재단을 습격하거나 약탈하려고 하지 않았다.

실제로 힘이 없는 일선 단체의 현지 직원들은 위에서 뭐라고 하든 배급 업무 시에 세계복지재단에 도움을 요청하기도 한다.

위에서는 불편해하지만, 안 그러면 배급하려고만 하면 군벌에서 우르르 몰려와서 다 빼앗아 가기 때문이다.

유엔군은 그걸 보면서도 절대 싸우지 않는다. 유엔군의 목적은 경호일 뿐, 전투가 아니라면서 말이다.

그렇다 보니 매년 세계복지재단으로 오는 후원금은 점점 늘어나서 어지간한 국제기구보다 많은 일을 하고 있다.

당연히 수많은 자선단체들 사이에서 거의 독보적으로 성장하고 있었고, 원역사와 다르게 난립했던 수많은 자선단체들이 곡소리를 내야 했다.

투명하게 하자니 자기들이 먹을 게 없어지고, 쉬쉬하면서 운영하자니 도무지 돈이 안 들어오니까.

"하지만 기구라는 건 좀 다르죠."

"그야 그렇지요."

세계복지재단은 말 그대로 기부를 받아서 운영하고 있다. 그런데 기구는 두 개 이상의 국가의 승인을 받아서 운영된다.

즉, 개인의 후원과 국가의 후원의 차이가 생기는 거다.

이 차이가 어마어마한 게, 개인이 아무리 잘나 봐야 국가에서 주는 지원금을 이길 수는 없으니까.

더군다나 국제기구인 만큼, 세계적으로 다른 나라들이 가입하면 점점 더 지원이 늘어날 수밖에 없는 구조다.

"그렇게 되면 아마 WHO가 곤란…… 아아아, 알 것 같네요."

WHO가 저 지랄 난 걸 다른 나라들이 모를 리가 없다.

안다. 알면서도 계속 그들에게 국가 예산을 지원하는 이유는, 대안이 없기 때문이다.

국가적인 예산을 주기 위해서는 그에 해당하는 명분이 필요한데 그게 쉽게 나오는 게 아니다.

현재 보건에 관해 WHO는 절대적인 영향력을 발휘한다.

물론 그건 어디까지나 자기들 주머니가 두둑해질 때의 이야기지만.

"현실적으로 세계복지재단이 세계 보건에 끼치는 영향과 WHO가 끼치는 영향 중 어느 게 크겠습니까?"

WHO는 직접적인 일을 한다기보다는 온갖 정치적 발언만 하고 있다.

가난한 나라에 병원을 세우고, 싼 가격에 치료제와 영양제를 공급하고, 특허가 없는 작물을 공급해서 근본적인 식량 공급을 가능하게 하며 자립을 돕고 있는 건, 그들이 아니라 세계복지재단이다.

실제로 그 덕분에 전 세계 빈국들의 상황은 많이 달라졌다.

당장 빈곤의 가장 대표적인 예로 불리는 아프리카의 경우 회귀 전보다는 식량난이 덜한데, 그건 세계복지재단에서 척박한 땅에서도 잘 자라는 작물을 개발해 공급한 덕분이었다.

"흠, 그러기 위해서는 돈이……. 하긴, 그걸 걱정하는 건 멍청한 짓이겠네요."

다른 곳도 아닌 마이스터와 미다스다. 로비에 필요한 돈이 없을 리가 없다.

"성공하면 아무래도 정치질에 들어갈 돈이 실제 필요한 곳에 가겠지요."

'코델09바이러스 방역도 좀 더 편해질 테고.'

그리고 목적은 더 있다.

만일 자신들과 경쟁하는 다른 국제기구가 생긴다면? 필연적으로 조직은 살아남기 위해 체질을 개선할 수밖에 없다.

오로지 중국만 물고 빨면서 그들의 얼마 안 되는 돈이나마 계속 받거나, 투명하게 운영하면서 제대로 일을 하거나.

"경쟁이 없는 조직은 부패하기 마련이지요."

노형진의 말에 쉐인 폴은 고개를 끄덕거렸다.

그의 입장에서야 그쪽이 더 나을 것이다. 그는 로비스트고, 로비와 부패는 떼려야 뗄 수 없는 일이니까.

중요한 건 로비를 해 주는 대가로 돈이 생긴다는 거다.

부패? 그건 그에게 조금도 중요한 게 아니었다.

"알겠습니다. 그렇게 묶는다면야 뭐, 이 정도는 작은 서비스로 해 드리지요."

"아, 물론 저희도 어렵게 해 달라고 할 생각은 없습니다."

"뭐 좋은 아이디어라도 있습니까?"

"이걸 읽어 보시죠."

노형진은 서류 하나를 꺼내서 건넸다.

내용을 훑어본 쉐인 폴은 눈을 반짝거렸다.

"흥미롭군요, 코델 기간 중 생존을 위한 긴급 지원 시스템 이라니."

"보다시피 돈을 주는 게 아닙니다. 생필품을 최저 가격으 로 지원하는 거죠. 허공으로 사라지는 게 아니라, 먹고 마시 는 데 쓸 수 있습니다."

"호오, 흥미로워요."

노형진이 계획했던 빈민들에 대한 긴급 생존 지원 키트.

그걸 노형진은 일종의 거래용으로 삼을 생각이었다.

"아시겠지만 이런 일은 결국 선택적 우선순위라는 게 있지 요."

한꺼번에 동시에 운영하는 것은 불가능하다.

한 지역에서 이걸 하기 위해서는 정치권과 손잡고 해당 시 스템을 빌릴 수밖에 없다.

'하지만 그걸 반대로 바꿔서 생각하면, 도움을 받는 게 아 니라 도움을 주는 게 되는 거지.'

불쌍한 사람들을 위해 주 정부에서도 도움을 달라는 게 아 니라, 이걸 받을 수 있는 기회를 주겠다는 거다.

"이건 정치인들에게 상당히 구미가 당기겠는데요?"

로비스트가 로비를 할 대상은 누굴까? 당연히 높은 분들이다.

상원 의원이나 하원 의원 또는 주지사들.

그들이 가장 소중하게 여기는 건?

"표로 바꾸기 딱 좋은 거죠."

당연히 투표에서 자신이 받을 표다.

물론 말도 안 되는 헛소리를 아무리 해 봐야 국민들은 표를 안 준다.

하지만 생존과 직결된 도움을 줬다면?

당연히 표는 그 기회를 잡은 정치인에게 향하게 된다.

"아시겠지만 이건 시범 사업입니다. 인도에서 미친 듯이 공장을 돌려도 미국 전부를 커버할 수는 없습니다. 물론 미국에 공장을 세우거나 다른 공장들을 구입해서 지원 물품에 넣을 수 있을지는 모르지만, 그건 시간이 아주 오래오래 걸리겠지요."

그리고 그 앞에 자기 이름을 빠르게 박아 넣을수록 다음 선거에서 이길 가능성이 높아진다.

"미스터 노가 협상할 줄 아시는군요."

쉐인 폴은 미소를 지었다.

이런 조건이라면 정치인들은 더 좋아할 거다. 당장 자기 주머니에 들어올 돈도 돈이지만, 그 돈을 받을 기회를 주는 일이니까.

당장 주머니에 10만 달러가 들어오는 것보다는 나중에 1천만 달러를 잡을 수 있는 기회를 좋아하는 건 당연한 일이다.

"거래를 받아들이지요."

쉐인 폴은 손을 내밀었고, 노형진은 그 손을 꽉 잡았다.

"잘 부탁드립니다."

"저희야말로, 후후후."

노형진의 부탁을 받은 스틸은 바로 움직였다.

물론 정치인을 공략하는 건 시간이 좀 걸리는 일이다.

하지만 법원 감사 부서 공략이라면? 그건 일도 아니다.

높은 사람도 아니고 감사 부서라는 특성상, 익명의 제보라는 조건으로 연락하면 100% 연락이 온다.

"그러니까 돈을 받고 형량 거래를 한다는 의심을 한다 이거군요."

"그렇습니다."

"아시겠지만 제보는 의심만으로 되는 게 아닙니다."

제보할 때는 최소한의 자료를 건네야 한다.

의심만으로 제보하는 것까지 모조리 조사하려면 지금 감사 부서의 인원을 한 1,000%쯤 늘려도 부족할 테니까.

"물론 아닙니다. 하지만 특수한 상황이니까요."

"규정은 규정입니다."

"하지만 그게 확실히 문서화된 규정은 아니지 않습니까?"

쉐인 폴의 말에 감사 부서의 대표인 데이비드 제리는 고개를 끄덕거렸다.

"그건 그렇지만……."

자신들이 제보를 받고 살짝 살폈을 때 의심스럽다면 제보한 사람의 자료 제공 여부와는 상관없이 조사에 들어가는 일은 흔하다.

제보에 완벽하게 자료를 요구하면 내부자밖에 제보를 못 하는데, 현실적으로 내부자가 제보하는 경우는 많지 않기 때문이다.

"그리고 지금 같은 사건은 내부자라고 해 봐야 결국 판사와 검사뿐입니다."

당연히 자기 주머니를 채우는 일인데 제보할 리가 없다.

"하지만 여러모로 곤란한 게……."

"물론 조사에 필요한 비용 정도는 저희가 기증할 수 있습니다."

"기증?"

"네, 기증! 입니다."

기증이라는 말에 애써 힘주는 쉐인 폴이었다.

"저희 의뢰인께서는 올바른 사법 정의가 이루어지기를 바랍니다. 저희가 원하는 게 사건을 덮어 달라는 게 아니지 않습니까? 도리어 감춰질 사건을 막아 달라는 거지요."

"그야 그런데…….."

확실히 그건 그렇다.

만일 사건을 덮어 달라는 부탁이었다면 아마 볼 것도 없이 바로 자리에서 일어나서 튀어 나갔을 것이다.

"저희 의뢰인을 위해 올바른 사법 정의를 세워 주셨으면 합니다. 그게 위대한 아메리카의 힘이 될 테니까요."

"하긴, 사법이 틀어진 나라가 얼마나 망가지는지는 다들 아는 사실이니까요."

사법이 비정상적인 나라는 결국 부패하고 망할 수밖에 없다.

"정의와 아메리카를 위해서입니다."

로비를 할 때 가장 멍청한 짓이 이득을 강조하는 거다.

'로비를 받으면서 꼴에 자존심은 세단 말이지.'

이득을 강조하면 그건 역효과다. '이 돈 받고 시키는 대로 해라.'라는 의미가 되어 버리니까.

그렇기에 쉐인 폴은 데이비드 제리를 살살 설득했다.

그리고 애초에 위법한 행동을 요구하거나 신념에 어긋나는 걸 요구하는 게 아니라서 그런지, 데이비드 제리는 쉽게 수긍했다.

"좋습니다. 잘못된 게 있다면 그건 당연히 고쳐야지요."

'나이스.'

"하지만 조사가 시작되면 아무래도 상대방이 알 수도 있습니다."

"상관없습니다. 도리어 대놓고 감사하셔도 된다고 하더군요."

"네? 왜요?"

"우리가 불법적인 행동을 하는 게 아니지 않습니까? 의심스러운 상황을 알았고 그걸 제보했고, 그랬으니까 감사하는 거 아닌가요? 여기 어디에 위법적인 부분이 있습니까?"

그 말에 데이비드 제리는 웃었다.

"없죠. 상대방을 조져 달라는 게 아닌 모양이군요."

"저희는 그럴 생각이 없습니다."

"그러면 바로 감사를 시작하지요."

데이비드 제리는 쉐인 폴이 제공한 사건 담당 검사의 사진을 보면서 고개를 끄덕거렸다.

⚖️

오드빌의 대표인 유시드 한센은 생각지도 못한 소식을 들었다.

"뭔 소리야, 지금? 누구한테 로비가 들어가?"

"화이트스틸에서 감사 부서로 로비가 들어갔답니다."

"아니, 왜?"

"그게…… 리처드 홍 사건 같습니다. 자세한 상황은 모릅니다만, 해당 사건 담당 검사의 내부 직원이 호출받아서 갔답니다."

"미친!"

감사는 갑자기 다짜고짜 서류를 뒤지는 게 아니다. 애초에 검사쯤 되면 그런 서류들을 자기 사무실에 둘 리도 없다.

그러니 당연히 그 첫 번째가 조용히 주변을 조사하는 거다. 그리고 두 번째는 주변 인물의 조사다.

첫 번째야 어찌어찌 넘어간다고 해도 두 번째부터는 골치가 아파진다.

로비를 받은 검사야 두둑하게 자기 주머니를 채울 수 있다지만 주변에서 일하는 사람들은 그러지 못하니까.

돈은 한 푼도 못 받는 데다가 만일 진짜로 감사에서 엮여버리면 자신도 모가지가 날아갈 수 있기 때문에 적극적으로 감사를 돕게 된다.

동양식의 충성심이니 하는 건 없다.

물론 증거는 없을 테지만.

"감사 부서가 바보야? 증거를 찾겠어?"

검사가 바보가 아닌 이상에야 직원들에게 '나 이번에 돈 좀 받고 사법 거래 좀 하겠습니다.'라고 하지는 않을 거다.

당연히 그들이 노리는 건 그동안의 사법 거래의 기준이다.

일반적으로 사법 거래가 흔하게 이루어지는 곳이 미국이지만 그렇다고 해서 기준조차 없는 건 아니다.

일반적으로 피해자가 지금처럼 명확하게 죄를 입증하기 쉬우며 죄가 큰 경우는 피의자가 사법 거래를 원한다고 해도 검찰에서는 거부한다.

"화이트스틸이 왜? 갑자기 왜 거기서 고작 이딴 사건에 끼어드는 거야?"

"모르겠습니다. 그나저나 이걸 어떻게 해야 할까요? 우리도 그쪽에다가 로비를……."

"미쳤어? 우리가 로비를 한다고 해서 거기서 받아 주겠어?"

도리어 뇌물 공여로 줄줄이 끌려갈 것이다.

"그럴 수는 없어. 이거…… 곤란한데……."

"그러면 어떻게 할까요? 로비를…… 포기해야 할까요?"

"그건 좀……."

로비는 일종의 경쟁이다.

물론 화이트스틸이 강한 회사이기는 하다. 하지만 그래서 무섭다고 로비를 포기한다면? 다른 기업들이 과연 그걸 좋게 받아들일까?

결국 로비라는 건 이기는 놈이 강한 자인 거다.

"하지만 그쪽에 로비하는 게 불법인지라……."

"이 세상에 로비가 불법이 아닌 나라가 어디 있어?"

미국에서는 로비가 합법이라지만, 그것도 어느 정도 한도가 정해져 있다.

가령 미국의 가장 유명한 반독점법 같은 걸 보자.

어떤 기업이 시장에서 절대적인 비율을 차지하면 법적으로 그 기업을 찢을 수 있는 게 반독점법이다.

대표적인 예가 바로 마이크소프트다.

마이크소프트의 경우 운영 체계가 거의 독점이나 마찬가지였던지라 결국 미 정부가 독점법 위반 혐의로 찢어 버렸다.

그런데 로비에 제한이 없다면?

마이크소프트는 의원 한 사람당 한 1억 달러씩 쥐여 주고 그냥 뭉쳐 있었을 것이다.

하지만 그건 어디까지나 공식적인 이야기.

"이 세상에 합법적인 로비가 어디 있어?"

한도 내에서만 로비하는 로비스트란 없다. 그랬다가는 확실하게 밀린다.

"하지만 그래도 이걸 덮는 건……."

"불가능은 없어."

"감사 부서는 우리가 로비를 할 수가 없습니다."

"그러면 다른 곳을 해야지."

"다른 곳이라 하시면……?"

"감사 부서가 어디 소속이야?"

"당연히…… 주 소속이지요."

미국의 재판 시스템은 기본적으로 주별로 다르다. 당연히 그 맨 위는 주지사다.

실제로 많은 사건들이 주지사급에서 덮이기도 한다.

"하지만 상대방이 화이트스틸인데요."

"그래서 도망갈 거야? 도망가면? 다음번에 다른 놈이 또 뭐라 하면 또 도망가고?"

"아닙니다."

도망갈 수는 없다. 유시드 한센은 이를 빠드득 갈았다.

"누가 이기나 해보자고."

"아마 돈이 더 필요할 겁니다."

"돈이요? 우리가 말입니까? 우리가 화이트스틸에 준 로비 자금이 절대 적지 않을 텐데요?"

하이드 맥핀이 노형진의 말에 되물었다. 노형진은 그런 질문에 고개를 흔들었다.

"아니요. 우리 말고요. 리처드 홍과 오드빌 말입니다."

"그들이 왜요?"

"이미 돈이 들어갔고 재판은 시작되었습니다. 아마 오드 빌은 우리의 로비가 시작되었다는 걸 알고 있을 겁니다."

당연히 대응책을 찾을 것이다.

하지만 대응책이라는 게 확실하지 않다. 이미 담당 검사와 판사에 대한 내부 감사가 시작되었을 테니까.

"우리가 그들을 카운터 칠 수 있는 사람들을 찾아서 공격했으니 당연히 역으로 사건을 덮을 수 있는 사람을 찾겠지요."

"주지사군요."

하이드 맥핀은 아주 당연하다는 듯 말했다.

미국의 사법적 형태의 특성상 연방 법원과 주 법원이 다르기 때문이다.

당연히 주 법원은 주지사 아래에 있다.

"하긴, 주지사들이 사건을 덮는 거야 뭐 하루 이틀 문제도 아니고."

세상이 깨끗하면 참으로 좋겠지만 현실적으로 그건 불가능하다.

선거를 위해서 주지사들에게는 어마어마한 돈이 필요하니까.

"당연히 주지사에게는 어마어마한 돈을 줘야 합니다."

일개 판검사처럼 몇십만 달러로 해결될 일이 아니다.

위로 올라갈수록 당연히 요구하는 돈은 점점 커질 수밖에 없다.

"그런데 이해가 안 가는 게 있는데요. 주지사가 이 와중에 노 변호사님과 척질까요? 지금 코델09바이러스가 퍼지고 있는 상황 아닙니까? 그 생존 지원 프로그램을 운영한다고 이야기했다면서요?"

"네, 맞습니다. 그걸 조건으로 내걸었지요."

"그런데 과연 주지사가 그 로비를 받아들일지······."

"저도 그렇게 생각했는데, 얼마 전에 올라온 주지사의 SNS가 걸리더군요."

노형진은 인터넷으로 능숙하게 주지사의 SNS에 들어갔다.

내용을 살펴본 하이드 맥핀은 혀를 끌끌 찼다.

─마스크를 강제하는 것은 미국의 자유를 침해하는 행위다. 수정 헌법은 모든 국민의 자유를 보장한다.

"뭔 개소리랍니까?"

"자리가 높은 곳에 있다고 해서 똑똑하다는 증거는 아니라는 거죠."

쓰게 웃으며 말하는 노형진.

"당장 드림에도 그런 사람들이 있다면서요?"

"하긴."

똑똑하기로 두 번째라면 서러울 변호사 중에도 그런 사람이 있을 정도이니 참 복잡한 일이다.

"그다음 말은 더 곤란합니다."

"더 곤란하다뇨? 하? 이런······ 이건 몰랐네요."

─코델09바이러스가 존재한다는 증거는 없다.

"이게 뭔 개소리입니까?"

"전형적인 음모론자죠."

실제로 미국에서는 최후의 순간까지 코델09바이러스란 존재하지 않는 것이며, 미국 정부에서 국민들을 통제하기 위해 이 모든 걸 가짜로 만들어 내고 있다는 음모론을 믿는 사람들이 있었다.

문제는 고위층에도 의외로 그런 사람이 많다는 거다.

'백신을 맞으면 뭐 움직이는 와이파이 기지국이 된다든가, 몸에서 전기가 나온다든가……. 그게 가능하면 그게 무슨 음모론이야? 노벨상감이지.'

몸에서 전기가 나오면 당연히 온갖 가전제품을 돌릴 수 있을 테니 그만큼 전기 생산량을 줄여도 되고, 그러면 기름값도 떨어질 테고 발전소도 사라질 것이다.

당연히 말도 안 되는 소리지만 이런 말을 믿는 사람들이 생각보다 많다.

"하긴, 5G가 코델09의 원인이라고 주장하는 판국이니."

하이드 맥퀸은 고개를 좌우로 흔들었다.

그도 변호사라는 특성상 별의별 미친놈을 다 만나 봤기에 이런 말을 하는 멍청한 놈이 있을 리 없다고 확언할 수는 없는 것이다.

"일단 중요한 건 이 주지사는 코델09바이러스의 음모론 신봉자라는 겁니다. 그러면 그게 무슨 의미겠습니까?"

"방역을 안 하겠군요."

"네. 코텔09는 존재하지 않는 바이러스니까요."

당연히 방역에 필요한 모든 걸 부정할 거다.

물론 그중에는 긴급 지원 서비스도 포함된다.

그걸 내부에서 인정한다는 것 자체가 사실상 코텔09를 인정한다는 소리니까.

'얼마 지나지 않아서 아차 싶겠지만.'

그러나 아차 한다고 해서 이미 퍼진 바이러스가 사라지지는 않는다.

"어찌 되었건 그 긴급 지원 서비스는 그에게 그다지 필요한 게 아니라는 거죠. 현재로서는요. 당연히 거부할 겁니다. 우리나라 연예인이 이런 말을 한 적이 있습니다. 무식한 놈이 신념을 가지면 그것만큼 위험한 게 없다고."

"정답이군요."

"어찌 되었건 현 주지사는 로비가 먹힐 인간입니다."

진짜로 이타적이고 가능성이라도 따지는 인간이라면 설사이게 음모론이라 생각한다 하더라도 일단은 방역을 하고 바이러스가 퍼지는 걸 막을 방법을 찾아낼 것이다.

가짜일 때는 미 정부가 욕먹고 그만이지만 진짜일 때는 수천만 명이 죽어 나갈 판국이니까.

"하지만 주지사가 자기 SNS에 자기 사상을 올리면서 강조한다는 건 말입니다, 행정적인 효율성보다는 자존심이 더 강하고 자신을 더 소중하게 여긴다는 걸 증명하는 것이죠."

자기가 가짜라고 믿으니까 이건 가짜라고 어필한다?

주지사라는 직책을 가지고 있는 이상 절대 해서는 안 되는 행동을 해 버린 거다.

주지사의 말을 믿고 얼마나 많은 사람들이 마스크를 집어 던지고 모임에 나갈지 모를 일이니까.

"그리고 그런 놈들은 대부분 극도로 이기적이지요."

자신의 자리에서 그 말을 했을 때 그로 인해 파생될 효과나 문제가 어떤 것이 있을지에 대해서는 아예 생각을 하지 않는 놈들이니까.

생각이 있는 사람이라면 당연히 만에 하나의 가능성 때문에라도 절대 입을 열지 않을 거다.

"이기적인 인간이라……. 그러니까 로비를 받아들일 거라는 거군요."

"맞습니다."

SNS에 저런 글을 올린 건 목적이 확실하다.

주지사라는 자신의 직위를 이용해서 음모론에 힘을 실어 주기 위해서다.

그런 이기적인 인간이 과연 돈을 거부할까?

"상황이 이해가 가는군요. 그러면 그걸 위해서는 돈이 필요하겠군요."

"그리고 로비 회사인 오드빌에서 그 돈을 줄 리는 없고요."

"아! 그럼 자금 흐름이?"

"맞습니다."

현재 오드빌에 돈을 주고 사건을 무마하라고 시킨 리처드 홍은 돈을 감춰 둔 상태다. 그리고 그 돈이 어디에 있는지는 누구도 모른다.

"하지만 이제 추가로 로비하기 위해서는 그 돈을 꺼내야 합니다."

"그걸 추적할 수 있겠군요."

"문제는 그거죠. 그걸 우리가 알듯이 리처드 홍도 알고 있다는 겁니다. 당연히 돈을 넣어 놓은 계좌는 미국의 계좌가 아닐 테고요."

미국 계좌라면 나중에 민사소송을 통해 털어 낼 수 있다.

실제로 조사 중인 경찰이 이미 리처드 홍의 계좌를 털어 봤지만 나온 돈이 없었다. 그의 계좌에 들어 있는 돈은 고작 4천 달러 정도.

"그러면 해외 계좌라는 거죠. 사실 당연한 거고요. 어떤 사기꾼도 돈을 자기 계좌에 넣어 두지는 않습니다."

문제는 여기서 발생한다. 계좌에 있는 돈을 꺼내야 한다는 것.

"가능성은 네 가지입니다. 첫 번째, 자기 계좌로 돈을 옮긴 다음 다시 오드빌의 계좌로 옮긴다."

"가능성은 없어 보이군요."

리처드 홍은 현재 수사를 받는 중이다.

그런 만큼 그의 계좌는 감시 대상이다. 단 한 푼이라도 움직이면 경찰은 바로 알아차리게 된다.

"두 번째, 오드빌로 바로 계좌 이체한다."

"그것도 힘들 것 같은데요."

물론 이런 경우에 경찰은 모른다.

모르지만, 그 대신에 오드빌이 곤란해진다.

"오드빌은 기업이니까요."

로비 전문 기업도 결국은 기업이다. 당연히 그와 관련된 모든 계좌와 자료는 보관해야 한다.

이게 문제가 되는 게, 기업인 이상 계좌로 들어온 금액에 대해 확실하게 설명할 수 있어야 한다는 거다.

기업의 계좌로 들어온 돈은 기본적으로 수익으로 보기에 그만큼 세금이 붙는다.

"미국 국세청의 파워는 하늘을 찌르죠."

누구도 못 잡던 알 카포네를 잡은 게 바로 미국의 국세청이다.

미국 국세청은 단순히 행정 업무만 하는 그런 집단이 아니다. 스스로 스와트 같은 전투 병력을 운영하는 집단인 것이다.

"당연히 오드빌의 계좌는 못 씁니다."

세 번째는 현금 출금.

하지만 이것도 문제가 된다.

"해외에서 재산을 은닉해 주는 은행들이 미국에서는 활동을 잘 안 하지요?"

"네. 특히 현금 지급 서비스는 지원하지 않죠."

실제로 한국에 다른 나라의 은행이 없는 게 아니다. 특히 자금 은닉을 전문적으로 하는 은행들이 한국에 입점해 있다.

다만 지점은 한두 개 정도만 운영한다.

당연히 여기에서 출금은 안 해 준다. 입금만 받는다.

"결과적으로 남은 건 차명으로의 계좌 이체뿐이죠. 그리고 현금 출금."

로비가 합법이라고 해도 대부분의 경우에 그 한도를 넘는다. 그 때문에 로비는 대부분 현금으로 이루어진다.

설사 그 한도 내라고 해도 그걸 감추는 게 유리할 수밖에 없는 게, 한 사람당 10만 달러씩 1만 명에게 돈을 받을 수는 없기 때문이다.

"하지만 이해가 안 갑니다만. 어차피 전산으로 할 거 아닙니까? 우리가 그걸 감시할 수는 없을 텐데요."

"물론 그건 그렇지요. 하지만 나중에 알아낼 수는 있습니다."

"네? 그게 무슨 말이죠?"

"아까도 말씀드렸다시피 그는 감시 대상입니다. 그의 데스크톱, 그의 노트북, 그의 핸드폰, 그 모든 게 유사시 검사의 대상이라는 거죠."

"……!"

당연한 말이다.

일단 압류가 시작되면 전 재산을 빼앗긴다. 그 안에는 핸드폰이나 컴퓨터도 포함된다.

그가 자신의 핸드폰이나 컴퓨터로 계좌 이체를 한다면? 당연히 그 기록은 전산상에 남는다.

"현대의 기술은 어지간한 자료는 복구하고도 남습니다."

물론 물리적으로 파괴한다면 불가능하기는 하다.

하지만 과연 계좌 이체 한 번 하고 기기를 물리적으로 파괴할까? 그렇지는 않을 것이다.

현재 그로서는 사용 중인 기기를 부숴 버리면 새걸 살 돈이 없다. 계좌에 있는 돈은 이미 묶인 상태이니까.

그렇다고 은닉해 둔 돈으로 살 수도 없는 노릇.

"결과적으로 남은 건 다른 곳에서 계좌 이체를 하는 거죠."

"과연 그럴까요?"

"그렇게 되도록 해야지요. 그러니까 그의 핸드폰과 컴퓨터에 압류를 걸어 버리세요."

압류는 법치주의 국가라면 기본적으로 가지고 있는 시스템이다. 그걸 하게 되면 당연히……

"리처드 홍은 바보가 아닙니다. 사실 어떤 면에서는 똑똑하죠."

컴퓨터가 압류되었는데 단순히 그걸 팔아서 돈을 보충하기 위해서라고 생각하지는 않을 거다.

만약 그렇게 생각한다면 의외로 일이 편해지겠지만, 그때는 그냥 하드를 조사하면 된다.

"그러니까 일단은 그것들을 압류한다고 페이크를 걸어 보세요. 지금 묶어 둔 게 계좌뿐이지요?"

"네. 집은 월세라서요."

"그러면 집안 세간살이를 압류한다고 내용증명 하나만 보내세요. 그러면 아마 반응을 보일 겁니다."

노형진은 그걸 노렸다.

숨겨 봐야 소용없어

"이런 씨팔. 이제 세간살이까지 노린다고?"

리처드 홍은 드림 로펌에서 날아온 내용증명을 보고 짜증을 냈다.

"미친 새끼들. 돈독이 올랐네."

그는 그렇게 중얼거리면서 자신의 집 안을 돌아보았다. 그리고 구역질이 난다는 듯 눈을 찡그렸다.

"씨팔. 지긋지긋한 집구석."

월세로 사는, 방 하나와 거실 하나로 구성된 집이다.

세간살이는 대부분 중고로 산 거고.

애널리스트가 잘 버는 직업인 것은 사실이다. 실력 있는 애널리스트는 말 그대로 몇십억 단위의 돈을 번다.

하지만 그건 어디까지나 잘 버는 사람들 기준이다.

애초에 리처드 홍이 그렇게 잘 벌었다면 감옥에 가려고 하지도 않았을 것이다.

"씨팔, 좆 같네, 진짜."

그는 얼마 후면 다시는 못 보게 될 집 안을 돌아보았다.

아마 그는 감옥에 갈 테고, 그러면 당연하게도 남은 건 추방뿐이다.

출소하자마자 바로 추방될 테니 여기로 돌아올 수도 없다.

애초에 집주인이 자신을 위해 이 집을 3년간 유지해 줄 리도 없고.

"3년이라……. 3년이면 될 거라 생각했는데."

그런데 얼마 전에 생각지도 못한 이야기를 들었다.

갑자기 감사실에서 움직여서 판검사들이 움츠러들었다던가?

감사실에서 그들을 바라보는 동안에는 판검사들과 사법 거래가 불가능하다는 것이 오드빌의 말이었다.

"개 같은 새끼들. 돈을 받아 처먹었으면 일을 해야 할 거 아냐?"

오드빌은 그걸 막기 위해서는 더 윗선, 그러니까 주지사급을 움직여야 한다고 했다.

기본적으로 감사실은 외압을 막기 위해 주지사 직속으로 움직이는 경우가 많다고.

"환장하겠네."

문제는 돈이다. 주지사에게는 최소한 300만 달러는 줘야
한다는 거다.

한화로 치면 대략 33억 정도 되는 돈이다.

터무니없이 비싸다고 할 수도 있지만, 작은 사건이 아닌 데
다가 이미 감사 부서에서 의심하고 조사에 들어간 상황이다.

"돈독 오른 새끼들 때문에 이게 뭔 난리야?"

말 한마디로 그냥 '조사하지 마.'라고 해서 끝날 상황이라
면 참 좋겠지만, 현실적으로 그게 불가능하다는 게 오드빌의
설명이었다.

감사 중인 사건을 덮기 위해서는 아주 강력하게 압력을 행
사해야 한다.

당연히 감사 팀에서는 반발할 게 뻔하니 그들에게도 적정
한 대가를 줘야 한다는 거다.

그나마 받아들이는 놈들은 다행이다.

어딜 가나 내부 고발자는 환영받지 못하는 존재다.

감사 부서들은 사법부 입장에서 봤을 때는 자기편에게 칼
찔러 넣는 배신자들이다.

실제로 경찰도 내부에 감사 부서가 있는데 다른 경찰들은
그들과 알은척도 안 한다.

위법이나 부패 여부와 상관없이 부서 자체를 배신자로 생
각하기 때문이다.

그래서 감사 부서에 발령하면 못 가겠다고 버티거나 퇴직하는 놈들까지 있다고 한다.

그 말은, 감사 부서에는 특유의 정의감이 있는 놈들이 많다는 거다. 그리고 그런 놈들일수록 위에서 외압이 내려오면 그걸 터트려 버릴 가능성이 크다.

사실 리처드 홍이 몰라서 그렇지, 미국도 정치적인 이유로 암살당하는 사람들이 없는 건 아니다.

다만 사고로 처리될 뿐.

어찌 되었건 그런 놈을 그냥 두면 다 같이 죽는 꼴이기에 그들을 다른 쪽으로 발령 내서 쫓아내야 한다.

그 모든 게 주지사의 명령으로 이루어지는 거라 흔적이 남을 수밖에 없기 때문에 주지사도 결코 싼 가격에 일해 주지는 않는다고 한다.

"젠장, 어쩔 수 없지."

그는 일단 돈을 꺼내기 위해 의자에 앉았다. 그리고 컴퓨터를 켜려다가 흠칫했다.

"아…… 씨팔. 그러고 보니까 이거…… 저 새끼들이 가지고 갈 물건이잖아?"

이 집에서 그나마 중고가 아닌 물건은 이 컴퓨터뿐이다.

그럴 수밖에 없는 게, 애널리스트에게 컴퓨터는 업무에 꼭 필요한 물건이다.

초 단위로 거래가 이루어지는 상황에서 갑자기 컴퓨터가

먹통이 되어서 손실을 입는다?

그것처럼 황당한 일이 또 있을까?

당연히 애널리스트들은 컴퓨터를 최고 사양으로, 그것도 신품으로 뽑는다.

이걸 과연 그 새끼들이 안 가져갈까?

"아니, 가지고 가는 건 좋은데……."

이걸로 게임을 하든 영화를 보든 그건 자신이 알 바 아니다.

문제는 이걸 조사해서 자료를 찾아내는 것이다.

상대방은 드림 로펌이다. 그도 미국 생활을 하면서 드림 로펌이 얼마나 치밀한지, 그리고 얼마나 악착같은지 알고 있었다.

노형진이 알려 준 수많은 스킬들은 드림 로펌에 승리와 악명을 동시에 안겨 줬다.

"그럴 수는 없지."

그는 막 켜지던 컴퓨터를 끄고 자리에서 일어났다.

압류 관련 경고가 온 이상 그대로 당할 수는 없었다.

"그렇다고 새로 뭘 살 수는 없고."

계좌는 당연히 묶여 있다. 카드 역시 감시되고 있는 상황이다.

"오랜만에 PC방으로 가 볼까?"

리처드 홍은 옷을 챙기면서 실실 웃었다.

미국에도 PC방이 있었는데, 한국에서의 경험으로 익숙했던 리처드 홍은 그곳을 곧잘 이용했다.

더군다나 그가 다니는 PC방은 미국의 여느 PC방과는 좀 달랐다. 마치 한국처럼 초기화 프로그램이 깔려 있다.

이게 뭐냐면, 컴퓨터가 꺼지면 컴퓨터에 깔린 프로그램들이 자동으로 깡그리 초기화되는 거다.

물론 전부 다 그런 건 아니다. 게임 같은 경우는 초기화하면 매번 패치받느라 몇 시간씩 걸려 불편할 테니까.

그런 일부를 제외한 나머지 프로그램은 모두 지워 버리는 곳이다.

혹시나 누군가 깜빡하고 로그아웃하지 않고 가거나 계정이나 개인 정보를 훔치기 위해 해킹 프로그램을 깔아 두는 것을 막기 위해, 새롭게 깔린 프로그램은 무조건 삭제되도록 설정되어 있다.

"내가 그렇게 멍청하게 당할 것 같아?"

리처드 홍은 웃으면서 집을 나섰다.

하지만 그는 몰랐다, 그런 그를 노형진이 지켜보고 있다는 사실을.

불행히도 노형진의 얼굴을 알지 못하는 그는 느긋하게 PC방에 가서 자신의 은행 계좌에 접속했다.

당연하게도 새롭게 접속해야 하는 것이기에 온갖 복잡한

보안 프로그램을 깔아야 했지만, 안전을 위해서라면 귀찮아
도 기다릴 만했다.

그리고 그렇게 계좌 이체를 한 그는 컴퓨터를 재부팅해서
확실하게 자신이 깔았던 프로그램이 지워진 걸 확인하고는
흡족한 표정으로 그곳을 떠났다.

그러자 옆에서 누군가가 스윽 일어났다.

바로 노형진이었다.

리처드는 단순히 옆자리에 앉은 손님이라 생각했겠지만.

"좋아. 이거란 말이지."

다시 꺼진 컴퓨터를 보면서 노형진은 미소를 지었다.

그때 리처드 홍이 나간 것을 확인한 하이드 맥핀이 들어왔
다.

"리처드 홍이 나가는데, 추적하지 않아도 됩니까?"

"안 해도 됩니다. 어차피 필요한 건 우리가 모두 확보했으
니까요."

"뭘요?"

"이 컴퓨터요."

"네? 하지만 로그아웃 하고 갔을 텐데요?"

"아, 네. 뭐, 방법이 있습니다."

노형진은 씩 웃으며 말했다. 그리고 주인을 불렀다.

"이 컴퓨터를 사고 싶은데요."

"안 팔아요."

"5천 달러. 아, 모니터 빼고."

그 말에 주인은 움찔했다.

중고 컴퓨터 한 대에 5천 달러라니. 누가 그 가격을 준단 말인가?

"어, 음…… 그래도 좀……."

"7천 달러."

"……."

"8천 달러."

"차에다가 실어 드릴까요?"

새 컴퓨터의 무려 세 배 가격으로 중고 컴퓨터를 사들이는 노형진을 어이가 없다는 듯 바라보는 하이드 맥핀.

"그걸 뭐 하시려고요?"

"이제 싹 다 털어야지요."

노형진은 자신 있게 말했다.

⚖

"아무것도 없는데요. 다 지워진 것 같습니다만."

하이드 맥핀은 미심쩍은 얼굴로 화면을 바라보았다.

기껏 비싼 돈을 주고 사 온 컴퓨터는 말 그대로 텅 비어 있었다.

설치된 프로그램이 자동으로 설치된 모든 새로운 프로그

램과 흔적을 싹 지워 버렸기 때문이다.

"물론 외부에서 볼 때는 그렇겠지요. 어떻게 생각하십니까?"

노형진은 동행한 복구 회사 직원에게 대답을 넘겼다.

그는 시큰둥하게 화면을 보다가 말했다.

"복구 가능합니다. 뭐, 이런 거야 어려운 일 아니죠. 디지털 포렌식으로 털면 금방 나올 겁니다."

"네? 하지만 전문 프로그램으로 싹 다 지워진 건데요?"

"물론 외견상으로는 그렇지요. 하지만 그건 어디까지나 일반적인 수준에서의 이야기입니다. 디지털 포렌식을 막는 방법은 하드를 바꾸거나 전문 프로그램으로 수십 번 지우는 것뿐입니다. 하지만 이건 그렇게 처리하지는 않았죠."

하지만 하이드 맥핀은 이해가 안 가는 듯했다.

노형진은 그런 그에게 좀 더 쉽게 설명해 줬다.

"하드를 완전히 지우기 위해서는 쉽게 말해서 흑돌백돌 게임처럼 모든 걸 수십 수백 번을 뒤엎어야 합니다. 하지만 여기서 쓰는 프로그램은 그런 게 아니라 그냥 단 한 번 프로그램을 지우는 거죠. 마치 우리가 컴퓨터에서 프로그램 제거를 누르는 것처럼요."

애초에 포렌식 프로그램을 막는 방법은 그 한 가지뿐이다.

그러나 아무리 과학기술이 발달했다고 해도 특정 프로그램을 보호하면서 디지털 포렌식 추적까지 막을 만큼 완벽하게 지우는 건 불가능하다.

"보다시피 게임과 그 런처, 그리고 패치 파일들은 모두 남아 있습니다. 이게 무슨 소리겠습니까?"

"아!"

그렇게 치밀한 방식으로 지운 게 아니라는 거다.

당연히 그런 경우는 디지털 포렌식 검사로 충분히 내부의 내용을 확인할 수 있다.

"제법 머리를 쓴 것 같지만 말입니다."

아마 그는 자동으로 지워지는 프로그램을 쓰는 데다가 자신이 아닌 다른 사람 소유의 물건을 압류하거나 빼앗지는 못할 거라 생각했을 것이다.

더군다나 PC방 컴퓨터라는 건 여러 사람이 쓰는 물건이다. 당연히 하루에도 몇 번씩 꺼졌다 켜지기를 반복한다.

그 말은 마치 전문 프로그램처럼 덮어 썼다 지워지기가 반복된다는 소리다.

그러니 안전할 거라 생각한 것이다.

"다만 다른 사람이 경계하고 있을 거라고는 생각도 못 했겠죠."

더군다나 한인 타운은 한국인이 넘쳐 나는 동네이니 노형진이 그의 집 근처에서 얼쩡거려도 이상함을 못 느꼈던 것이다.

"만일 수사관이었다면 이런 복장은 아닐 테니까요."

대충 입은 티셔츠에 반바지, 그리고 양말을 신고 신은 슬리퍼까지.

마치 동네에 마실 나온 아저씨 같은 차림새였다.

"저는 노형진 씨가 양말을 신고 슬리퍼를 신기에 미치신 줄 알았습니다."

"하하하하!"

노형진은 크게 웃었다.

"일단 중요한 건 이걸 확인하는 거죠. 얼마나 걸릴까요?"

"뭐, 지워진 지 오래되지 않았다면 사흘 이내에 나올 겁니다."

노형진은 그 말에 고개를 끄덕거렸다.

"이제 기다리는 일만 남았네요."

사흘 후, 복구 회사에서는 확실하게 내용을 복구해 냈다.

"홍콩이라……."

"홍콩이 중국으로 넘어가고 미국과 대립각을 세우고 있죠. 머리 잘 썼네요."

미국의 재판부에서 중국에 대고 자료를 달라고 한들 주지 않을 테니까.

더군다나 홍콩은 중국에 반환되기 이전부터 자산을 감추는 가장 유명한 곳 중 하나였다.

"그러면…… 이게 문제군요. 이걸 어쩌실 생각입니까?"

하이드 맥핀은 심각한 얼굴로 물었다.

그 이유? 당연하다.

사실 그는 프로그램까지는 예상했다. 그래서 감춰 둔 은행 정도는 찾을 수 있을 거라 생각했다.

하지만 포렌식 수색을 한 사람들은 생각지도 못한 것까지 해냈다.

"뭐, 아이디와 패스워드만 가지고 뭘 할 수는 없으니까요. 다만 장난을 좀 쳐 볼까 생각 중입니다."

"장난요?"

"네. 우리가 어떻게 거래 은행을 찾았는지가 문제이니까요. 엄밀하게 말하면 이건 불법에 가까운 거라……."

"하긴, 그렇지요."

당연히 소송할 때는 불리해질 수밖에 없다.

의외로 미국의 재판부는 불법적인 증거에 대해 상당히 빡빡하게 판단한다.

"그러니까 다른 방법을 찾아야지요."

"다른 방법?"

"이 아이디와 패스워드로 접속을 시도할 겁니다."

그 말에 하이드 맥핀의 얼굴이 하얗게 질렸다.

"그러면 리처드 홍이 우리가 이걸 알고 있다는 걸 알게 될 겁니다."

"정확하게는, 우리가 아니라 '누군가'가 안다는 걸 알게 되겠지요. 그리고 그게 누구인지 알아내려고 할 테고요. 그렇다면 그 방법은 뭘까요?"

"그건…… 아! 그렇군요! 지점을 찾아가는 거겠군요!"

"맞습니다."

리처드 홍이 중국에 가서 계좌를 개설했다고 볼 수는 없다. 그는 홍콩은커녕 중국에도 가 본 적 없으니까.

즉, 그가 계정을 만든 건 미국의 지점이라는 소리다.

"그리고 아시겠지만, 미국과 중국의 시차는 생각보다 큽니다. 결정적으로 리처드 홍은 중국어를 못해요."

그러니 본사에 전화해서 상황을 알아볼 수가 없다.

물론 국제 거래를 하는 은행인 만큼 영어를 하는 사람이 있기는 하겠지만 근무시간이 안 맞을 거다.

"그러면 남은 건 전화 상담 서비스뿐인데, 과연 그런 은행에서 전화 상담 채널을 열어 둘까요?"

애초에 은행에 있는 모든 자료와 비밀은 극도의 보안이 필요한 부분이다. 당연히 전화 상담 같은 걸로 이야기하기에는 여러모로 위험한 게 사실이다.

"아마 당연히 미국 내에 있는 지점으로 달려가겠지요."

그리고 그걸 따라가서 찍는 건 불법이 아니다.

"하지만 로그인을 시도하는 걸 어떻게 알지요? 우리가 알릴 수도 없고."

"요즘 은행은 문자라는 걸 보냅니다, 후후후."

⚖️

자고 일어난 순간 리처드 홍은 정신이 아득해졌다.

－홍콩 시크릿뱅크. 접속 오류 1회입니다.

라고 되어 있는 문자.
다급하게 다른 문자들을 확인하자 숨이 턱 막혔다.

－홍콩 시크릿뱅크. 전송 코드 오류 5회입니다. 보안을 위하여 온
라인 거래를 차단합니다. 해당 계정을 열고 싶으시면 지점을 방문하
여 주십시오.

"뭐야? 아니, 이게 뭔 소리야?"
자신이 만든 시크릿뱅크의 거래 계좌가 막혔다. 그것도 자
신이 잠든 사이에.
"전송 코드라고? 전송 코드? 아니, 무슨 말도 안 되는…….
그러면 내 계정 비밀번호가 틀렸다는 거잖아?"
등골이 서늘해지면서, 그는 숨을 쉴 수가 없었다.
일반적으로 계좌를 사용이기 위해서는 계정과 비밀번호가

필요하지만 요즘은 다른 필요 사항이 하나 더 있다.

바로 은행에서 제공하는 일회성 코드다.

계정에 로그인하거나 계좌 이체를 할 때마다 은행에서는 미리 등록된 기계로 랜덤하게 생성된 열여섯 자리의 비밀 코드를 발송한다.

은행에 따라서는 핸드폰을 등록시켜 주기도 하지만 홍콩은행은 쌍둥이 폰, 그러니까 동일한 카피 아이디를 이용해서 복제된 폰 같은 것으로 인한 유출을 막기 위해 별도의 수신용 장비를 지급한다.

그리고 그 장비에 수신된 열여섯 자리 숫자를 계정에 넣어야 로그인이든 이체든 할 수 있다.

로그인을 시도한 건 당연히 노형진이었다.

하지만 그 장비가 없기에 열여섯 자리의 숫자는 틀릴 수밖에 없었고, 은행에서는 그걸 위험 신호로 간주해 계좌를 막아 버린 것이다.

"이런 씨팔."

리처드 홍은 자리에서 벌떡 일어났다.

물론 문자상으로는 안전을 대비해서 계정의 접속을 막았다지만, 이런 상황에서는 어떻게 해서든 직접 확인하고 싶어지는 게 솔직한 사람 마음이다.

더군다나 한두 푼도 아니고 무려 3천억이라는 어마어마한 돈이 들어 있는 계좌다.

당연히 리처드 홍은 튀어 나가서 손을 번쩍 들었다.

"택시!"

심장이 떨려서 운전이 힘들 것 같았던 리처드 홍은 택시를 타고 내달렸고, 잠시 후 홍콩 시크릿뱅크의 지점으로 헐레벌떡 뛰어들어 갔다.

그래서 그는 자신의 뒤를 밟는 누군가의 존재를 알아채지 못했다.

그리고 그것이 그의 불행의 시작이었다.

그를 따라가면서 일거수일투족을 다 촬영한 하이드 맥핀은 영상을 보면서 미소를 지었다.

"이 정도면 확실히 법원에서 은행을 특정할 수 있을 겁니다."

그리고 법원에서 리처드 홍의 계좌 존재 여부를 묻는다면 홍콩 시크릿뱅크는 그걸 안 줄 수가 없을 거다.

물론 예치되어 있는 돈을 꺼내는 것은 전혀 다른 문제일 테지만.

어찌 되었건 리처드 홍에게는 엄청난 부담이 될 게 뻔하다.

"이제 문제는 주지사군요."

"뭔가 이야기가 있습니까?"

"재판부에서 이유도 없이 기일을 차일피일 미루고 있습니다."

"흠, 주지사에게서 뭔가가 떨어지기를 기대하고 있는 모양이군요."

아마도 오드빌 쪽에서 주지사에게 로비를 하는 걸 기다리고 있을 게 뻔하다.

"그걸 우리가 하라고 할 수는 없고."

"그쪽도 주지사가 도움을 줄 거라고 생각하는 모양인데……."

노형진은 고민에 빠졌다.

과연 주지사를 어떻게 할 것이냐?

'아니, 답은 하나뿐인가?'

현재 상황을 보면 주지사는 이 사건을 덮으려고 할 게 뻔하다.

"뭐, 그래도 일단 돈을 잃어버리는 건 아니기는 하지만."

"그건, 글쎄요."

"네?"

일단 돈이 어디에 있는지 알아냈으니 되찾으면 될 거라고 쉽게 생각하는 하이드 맥핀에게 노형진은 솔직하게 부정적인 가능성을 이야기했다.

"물론 돈이 있는 곳은 찾았지요. 하지만 그렇다고 해서 그돈을 은행에서 내준다는 말은 아닙니다."

"그게 무슨 말씀이십니까?"

"일단 리처드 홍이 어떤 처벌을 받든 간에 그는 이 돈의 소유권을 주장할 거라는 거죠."

사법 거래를 통해 3년을 받든 결국 져서 30년 형을 받든, 그는 이 돈을 포기하지 못할 것이다.

30년 형을 받으면 도리어 더더욱 집착할 것이다.

30년 후라고 해도 3천억의 가치는 절대 작지 않을 테니까.

더군다나 30년 후에 출소한다면? 재기도 할 수 없다.

3년 형이라면 어떻게 해서든 재기를 시도해 볼 수 있을 것이다.

하지만 30년 후에도 과연 그게 가능할까?

"당연히 그 돈에 집착할 겁니다."

"하지만 민사소송을 통해 그 돈을 달라고 할 수 있지 않습니까?"

"그게 문제죠. 민사소송을 해서 그 돈의 소유권이 누구에게 있느냐는 문제를 따져서 이기는 데 5년쯤 걸린다고 치죠. 리처드 홍도 물고 늘어질 테니까. 그렇게 해서 이긴다고 해도, 중국의 법원은 뭐라고 할까요?"

"중국…… 법원……. *끄응*, 그렇지요. 홍콩은 이제 중국 땅이었지요. 자꾸 잊어버리네요."

"중국에서 미국 법원의 명령을 인정할까요?"

"가능성은 높지 않겠군요."

아마 인정하지 않을 거다.

물론 국가별로 협약에 따라 다른 나라의 판결을 인정하는 부분이 있기는 하지만 그건 어디까지나 일부 영역, 즉 형사 사건 같은 것만 적용된다.

민사의 영역은 각국의 이득이나 법이 너무나 다르기 때문에 그쪽에서 인정하지 않는다고 해도 할 말이 없다.

당장 한국만 해도 일본의 강제 노역에 대해 배상 명령을 내렸지만 일본은 가뿐하게 씹고 있는 상황 아닌가?

"미국의 재판 결과를 중국이 받아들일 리가 없습니다."

"그러면 우리는 중국에서 다시 소송을 해야 하겠군요."

"네. 그런데 여기서 문제가 생기죠."

정작 소송 당사자인 리처드 홍이 미국의 감옥에 있다는 거다.

당연히 중국은 그걸 핑계로 제대로 된 재판도 하지 않을 게 뻔하고.

"그다음에는 어떻게 될까요?"

"그거야, 리처드 홍은 한국으로 추방당하겠지요."

"그러면 중국에서의 재판은?"

"그거야…… 아, 그러네요. 중국에 갈 방법이 없군요."

비자를 받아야 하는데 그는 전과자다. 그것도 무려 3천억 이나 슈킹해 버린 큰 범죄자.

3년 후든 30년 후든, 그건 바뀌지 않는다.

당연하게도 중국은 정당한 권리로 입국 금지를 내려 버릴 수 있다.

"그러면 재판은 없는 거죠."

당사자가 없으니까.

물론 대리인으로 중국 변호사를 선임하면 될지도 모른다.

하지만 과연 그게 가능할까?

중국 변호사라고 해서 목숨이 아깝지 않은 건 아닐 텐데?

그리고 중국 정부는 당당하게 말할 수 있다, 이 돈의 주인이 불확실하다고.

"그리고 꿀꺽하겠지요."

"……."

확실히 가능한 이야기다. 중국이라는 나라의 특성을 생각하면 더더욱 말이다.

"그리고 알다시피 중국은 얼마 전에 자국 내 마스크 공장에 대한 국유화를 발표했지요."

실제로 그걸 실행했다.

물론 노형진이 그렇게 되도록 유도한 것이지만, 그렇다고 해서 그들이 국유화를 했다는 사실 자체를 부정할 수는 없다.

실제로 그런 상황에 겁먹은 많은 기업들이 중국을 벗어나고 있다.

그들은 공식적으로 코델09로 인한 피해가 거의 없다고, 상

황은 잘 통제되고 있다고 떠들면서도 기업의 국유화를 감행
해 버렸으니까.

"그리고 얼마 전에 중국에서 은행의 달러 출금에 제동을
걸었지요."

"아, 기억납니다. 한 번에 3천 달러 이상의 출금이 금지되
었다지요?"

원래 역사에서는 좀 더 있어야 벌어지는 일이지만 이번 역
사에서는 좀 더 빠르게 그런 일이 벌어졌다.

개인의 자산을 국가가 통제한다는 것은 상당히 골치 아픈
문제다.

더군다나 중국의 화폐인 위안화는 얼마든지 출금이 가능
한데 달러는 안 된다?

"그게 무슨 의미인지 아시죠?"

"달러 부족 현상이 벌어지고 있다는 거죠."

그 상황에서 과연 중국이, 홍콩에 잠자고 있는 3천억 원을
나가게 해 줄까?

3천억 원이면 달러로는 2억 5,600만 달러가 넘는 큰돈이
다.

"아…… 그렇군요. 그런데 왜 리처드 홍은 하필 중국에다
가 넣었을까요?"

"우리에게 은행이 발각될 거라 생각하지 못한 거죠."

그의 계획대로라면 3년만 지나면 감옥에서 나온다.

이후 자신의 계정으로 온라인 계좌 이체를 해서 편하게 살면 된다고 생각했을 것이다.

물론 중국에 들어가지는 못하게 되겠지만 온라인 접속이야 어디서든 할 수 있고, 미국의 재판을 중국 정부에서 알 리가 없으니까.

"우리가 그 은행을 찾아낸 게 이 정도의 파급력을 낼 줄은 상상도 못 했네요."

하이드 맥핀은 피식하고 웃었다.

"일단 중요한 건 이 재판에서 유리한 자리를 차지하는 겁니다. 물론 우리가 이 자료를 공개해도 되지만, 이걸로 유리한 자리를 차지할 수는 없을 것 같군요."

주지사가 끼어든 이상 저쪽이 유리하게 재판이 이어질 것은 당연한 일.

"그렇다고 해서 주지사를 어떻게 하기는 애매한데요. 물론 더 큰 돈을 주면 되기야 하겠지만."

"하지만 그렇게 되면 우리가 오드빌과 경쟁하는 그림이 그려질 겁니다."

화이트스틸과 오드빌이 경쟁하는 구도가 나온다면 당연히 주지사는 더 많은 돈을 받아 내려고 할 거다.

"그러면서 그놈이 이미 받은 돈은 토해 낼 리도 없고."

결국 남 좋은 일만 시키는 셈이다.

"그렇다고 자를 수도 없지 않습니까? 주지사는 사실상 대통령이나 마찬가지입니다."

"대통령보다는 총독에 가깝겠지요."

어찌 되었건 미국의 주지사는 권력이 막강하다.

그들은 미국 내에서 주 방위군을 움직일 권한이 있다.

주 방위군은 쉽게 말해서 2선급 군대라고 볼 수 있는데, 그렇다고 한국의 예비군처럼 생각해서는 안 된다.

한국의 최전방 부대도 가지지 못한 무기로 무장을 하고 있으니까.

"이번 사건과 관련해서 공개하는 건 어떨까요?"

"글쎄요. 그것도 방법입니다만, 주지사라는 인간이 그냥 있을까요? 막 나갈 것 같은데요. 어차피 다음이 없지 않습니까?"

이게 공개되면 아마 다음 주지사 선거에서는 확실하게 떨어질 거다.

문제는, 그렇게 되면 그가 아주 대놓고 방해할 거라는 거다. 자신을 엿 먹인 복수로 말이다.

"한국의 정치계에 이런 말이 있습니다. '레임덕이 온 대통령이라 해도, 누군가를 성공할 수 있게 밀어주지는 못해도 망하게 할 수는 있다.'라고요."

"하긴, 틀린 말은 아니군요."

성공하라고 밀어주려면 온갖 후원을 다 해 주고 다른 사람들에게 압력을 가해야 하지만, 망하게 하려면 그냥 규정대로 하라면서 죽어라 쪼기만 하면 된다.

그러면 다른 곳이 규정에 좀 더 여유롭게 대응하는 사이에 공격받는 쪽은 소송과 온갖 서류 요구의 폭탄에 묻혀 버리게 될 게 뻔하다.

"그렇다고 그냥 당할 수는 없을 것 같습니다만."

"대신에 다른 방법을 쓰도록 하지요."

"다른 방법이라니 어떤……?"

"돈이 아닌 다른 방법으로 협상을 걸어 보는 거죠."

"그게 무슨……? 코델09바이러스와 관련해서는 소용없을 것 같습니다만."

애초에 코델09바이러스는 없으며 그건 정부의 가짜 주장이라고 생각하는 놈이 그것과 관련된 협상을 할 이유가 없다.

그는 주민들의 목숨보다 본인의 신념이 더 중요한 사람이니까.

그런 사람에게 마스크나 식료품을 공급하겠다고 하는 것은 의미가 없다.

"물론 그렇지요. 하지만 그것과 별개로, 저런 타입에게는 지지 세력을 유지하기 위한 무언가가 필요합니다."

"지지 세력이라고요?"

"SNS에 올린 글, 어떻게 생각하십니까?"

"솔직히 말씀드리면 병신 짓 같아 보입니다."

"하하하, 틀린 말은 아니네요. 그런데 아시겠지만, 정치라는 것은 고도로 체계화되어 있는 사회 행동입니다. 물론 주지사가 그런 글을 올린 건 사실이지요. 하지만 그게 그냥 혼자 욱해서 자기 마음대로 떠든 걸까요? 물론 신념이라는 부분에 관해 이견은 없습니다만."

"흠……."

하이드 맥핀은 잠깐 생각하다가 고개를 끄덕거렸다.

"그럴 것 같지는 않군요. 그렇게 욱해서 SNS에 글을 싸지르는 타입이라면 주지사까지 올라가지도 못했을 테니까요."

"맞습니다. 그건 우리 같은 일반인들이 보라는 게 아닙니다. 자신의 지지 세력, 자신을 지지하는 사람들에게 보여 주려는 일종의 쇼인 거죠."

상식적으로 세상에서 가장 재미없는 게 정치인의 SNS다.

그런데 그걸 굳이 팔로우 하면서 보는 사람들은 어떤 사람들일까?

기본적으로는 업무와 관련된 소수의 정치인들과 기자들일 가능성이 높다.

하지만 진짜 업무에 연관된 사람들이 아니라면?

"지지층이라 이거군요."

"맞습니다. SNS에 보여 주기 위한 쇼죠."

지지자들에게 자신이 이런 걸 하고 있다는 일종의 어필. 그게 바로 SNS인 거다.

애초에 그의 지지층이 아니라면 그를 까기 바쁘지 굳이 팔로우 하면서 그가 올리는 글을 볼 리가 없다.

병신 같은 글이 올라오면 기자들이 알아서 기사화해 주는데 뭐 하러 팔로우까지 하면 스스로의 속을 긁겠는가?

"그렇다면 이런 타입을 지지하는 사람들은 어떤 성향일까요?"

"좀 무식할 겁니다. 그리고 정부에 대한 불신이 심하고요. 일단 식자층이나 공부를 좀 한 타입은 아닐 테고요."

노형진은 하이드 맥핀의 말에 고개를 끄덕거렸다. 그의 분석이 맞으니까.

"그러면 그 지지층이 원하는 게 무엇일지 생각해 보면 되는 거죠. 누차 말했지만 당장 주머니로 들어오는 수억의 돈보다 미래의 표에 더 관심을 가지는 게 정치인입니다."

무식하고, 정부에 대한 불신이 심한 타입은 사실 미국에서는 흔하다. 그들은 보통 생계형 노동자들이다.

지식 계층일수록 진보 성향인 민주당을, 노동 계층일수록 보수 성향인 공화당을 지지하는 거야 딱히 비밀도 아니다.

"저런 주장, 그러니까 코델09바이러스 부존재설의 기반은 그겁니다. 공장을 멈출 수 없다."

실제로 현 주지사를 지지하는 가장 강력한 세력은 인텔리라고 하는 지식층이 아니라 블루칼라라고 불리는 노동 계층이다.

그리고 노동 계층은 공장이 멈추면 생존 자체가 불투명하게 되는 게 현실이다.

"우리는 그걸 이용하는 겁니다."

목구멍이 포도청

　노동자라고 불리지만 모두가 같은 것은 아니다.

　화이트칼라라고 불리는 존재들, 즉 사무실에서 일하는 사람들과 블루칼라라고 불리는 존재들, 즉 공장에서 일하는 사람들의 대우는 상당히 다르다.

　그리고 현실적인 문제로, 선진국이라고 불리는 곳에서 블루칼라에 대한 대우는 점점 좋지 않게 된다.

　"당연한 거죠. 어떤 물건의 가격에서 인건비가 차지하는 비중은 절대적이니까."

　선진국일수록 인건비는 비싸고, 기업들은 그 비싼 인건비를 피해서 이주를 선택한다.

　그게 바로 중국이 성장한 이유이자 동시에 지금 인도가 성장을 시작하는 이유이기도 하다.

"그렇기 때문에 노동자들의 분노가 심해질 수밖에 없습니다. 현 대통령도 그러한 노동자들의 분노에 힘입어서 대통령이 된 사람이지 않습니까?"

그가 외친 건 강한 미국.

그러나 그것만으로 사람들이 그에게 표를 줄 리가 없다.

그래서 그가 외친 것이 바로 미국 내 공장의 건립이다.

실제로 그는 미국 내에 공장을 만들라고 국제기업들을 협박하다시피 하고 있고 한국의 기업들 역시 그 협박의 대상이다.

"그리고 현 주지사인 로이드 펄롱 역시 그런 현 대통령의 기본적인 전략을 따라 하는 사람이고요."

그런 그에게 있어서 중요한 건 바로 공장이다.

"하지만 로이드 펄롱에게 어떤 조건을 내걸 생각이신지 모르겠습니다."

로이드 펄롱과 약속을 잡고 현장으로 가는 길.

하이드 맥핀은 다소 꺼림칙한 얼굴이었다.

"그는 고집불통입니다. 협상 이야기가 나온 후에 일단 그에 대해 조사해 보았습니다만……."

"말이 안 통할 거다 이거죠?"

"좋게 말하면 뚝심 있는 사람이고 나쁘게 말하면 고집불통입니다. 거의 현 대통령 판박이 수준이라고 할 정도로요."

하이드 맥핀의 말에 노형진은 씩 하고 웃었다.

"알고 있습니다."

"그런데 협상이 가능할까요?"

"가능해야지요. 안되면 리처드 홍은 도주할 겁니다."

"그 과정에서 우리가 손해 보는 건 반갑지 않은데요."

노형진은 그 말에 고개를 흔들었다.

"아니요. 우리가 손해를 보는 일은 없습니다. 도리어 이득에 가깝지요."

"이득에 가깝다고요?"

"비밀이라서 아직 말씀은 못 드립니다."

노형진은 웃으며 말했고 하이드 맥핀은 입맛을 다시면서 운전에 집중했다.

"이거 참. 사기 사건 하나가 이렇게 복잡해질 줄이야."

"모든 사건이 그렇습니다. 똑같이 한 가지를 해결하려 해도 경우에 따라 한없이 복잡해지기도 하고 한없이 단순해지기도 하지요."

단순 절도도 그가 왜 도둑질을 할 수밖에 없었던 건가, 그가 훔친 물건으로 뭘 했는가 등을 세세히 따지면 진짜 복잡해진다.

하지만 생각 없이 그냥 '너 도둑질했으니까 징역 1년' 같은 식으로 처리해 버리면 한없이 편하다.

"현재로서는 후자의 방식이 대부분이지요. 사법 거래도 그러한 방식의 하나로 나온 거고요."

그 말에 하이드 맥핀은 쓰게 웃었다.

그사이에 두 사람이 탄 차량은 주지사의 공관에 도착했다.

미리 약속한 덕분에 두 사람은 어렵지 않게 안으로 들어갈 수 있었다.

그런데 두 사람과 마주한 로이드 펄롱이 눈을 찡그렸다.

"내 앞에서는 마스크를 벗으시오."

"안전을 위해서입니다."

"안전은 무슨. 마스크를 쓰고 다른 사람을 대하는 건 예의가 아니라는 것도 모르는 거요?"

"지금은 질병이 퍼지고 있는 상황입니다."

"코델09인지 뭔지 말이오? 헛소리! 그런 질병은 없소. 미정부에서 우리를 통제하기 위해 만들어 낸 헛소리란 말이오!"

단호하기 이를 데 없는 로이드 펄롱의 말에 하이드 맥핀은 곤혹스러운 얼굴이 되었다.

그의 예상대로 말이 통할 만한 사람으로는 안 보였으니까.

하지만 노형진은 그런 그의 방식을 충분히 알고 있었다. 그가 그렇게 행동하는 이유도.

당연하게도 그것에 대한 파훼법 역시 알고 있었다.

"도널드 올드먼 대통령을 만나 뵙게 되면 꼭 그 말씀을 전해 드리겠습니다."

"뭐요?"

그 말에 로이드 펄롱은 움찔했다.

'그러겠지.'

로이드 펄롱은 도널드 올드먼의 지지자이자 동시에 그를 따라 권력을 얻으려고 하는 정치인이다. 당연하게도 도널드 올드먼과 안면이 있다.

'같은 방식으로 선거운동을 하고 권력을 쟁취했지. 주지사가 같은 방식을 썼다는 점에서, 두 사람은 관련이 없을 수가 없어.'

하지만 두 사람의 입장은 미묘하게 다르다.

주지사야 저런 헛소리를 한다고 해도 심각한 반격이 들어오지는 않는다.

하지만 지금 도널드 올드먼은?

'지금 가장 머리 아픈 사람이 누구겠어?'

미국에서 점점 확진자가 나타나는 상황에서 가장 머리 아픈 건 다름 아닌 도널드 올드먼일 것이다.

그 아래에는 온갖 전문가들이 다 있을 텐데, 그 전문가들이 코델09바이러스의 존재와 위험도에 대해 매일같이 보고서를 올리고 있을 테니까.

"대통령 각하께서 주지사님의 의견을 귀를 열고 들어 주실 겁니다."

'그리고 조지겠지.'

주지사가 입 터는 거야 자기 마음이지만 그로 인해 국민들이 죽어 나가면 그 책임은 자신이 져야 하니까.

한국도 마찬가지다.

한 지역의 대표가 질병 방역이 과하다고 마음대로 풀어 버렸는데, 그 결과 그 지역의 코델09 감염이 폭증했다.

물론 그는 원인 제공은 자기가 해 놓고 국가에서 방역을 소홀히 했다고 욕하면서 도리어 국가에 대고 지원금을 내놓으라고 땡깡을 부렸다.

"크흠……."

그걸 아는 건지 로이드 펄롱은 헛기침을 했다. 그리고 마스크에 대한 이야기는 쏙 들어갔다.

"앉으시오. 그래, 나한테 할 말이 있다고?"

"네. 일단 사람들을 좀 물려 주시겠습니까?"

"그건 곤란한데. 안전 때문에 말이지."

"오드빌과 관련된 이야기라……."

그 말에 로이드 펄롱은 잠깐 눈동자가 흔들리더니 자리에서 일어났다.

"자리를 옮기지."

그를 따라 들어간 곳은 안쪽에 있는 서재였다.

그는 안으로 들어가서 문을 닫아 버리고는 창문마다 커튼을 닫았다. 그리고 의자에 털썩 앉았다.

노형진과 하이드 맥핀은 그 앞에 앉아서 자리를 잡았다.

"오드빌에서 온 연락에 대해 어찌 알았는지는 모르겠지만, 그걸로 나를 협박이라도 하려는 거요?"

"네? 아니요. 무슨 말씀이십니까? 그럴 리가요."

"그러면?"

"오드빌과 마찬가지로 거래하려고 온 겁니다."

"거래라……."

로이드 펄롱의 얼굴에 미소가 서렸다.

두 로비스트들이 경쟁하기 시작하면 자신의 주머니가 두둑해진다는 것쯤은 어렵지 않게 알 수 있으니까.

"뭐, 그렇다면 당신이 요구하는 조건은 그들과 반대겠지?"

"네, 감사가 제대로 진행되도록 해 주시면 됩니다."

"흠. 뭐, 그게 내 쪽에서는 더 마음에 들기는 하지."

힘으로 사건을 덮는 건 문제가 될 수 있지만 감사를 제대로 진행하게 하는 건 전혀 문제가 안 되니까.

"하지만 그래도 나한테 이득 되는 것이 있어야겠지."

"물론 있을 겁니다."

"말해 보시오."

"일단 먼저 한 가지만 묻지요. 진짜로 코델09바이러스가 없다고, 그 모든 게 정부의 통제라고 생각하십니까?"

그 말에 로이드 펄롱은 눈을 찡그렸다.

"지금 날 놀리는 거요? 아니면 어디 녹음기라도 틀어 놓은 거요?"

"그럴 리가요. 이 조건을 말씀드리기 위해서는 확실하게 해야 하는 문제입니다. 만일 정말 바이러스가 없다고 믿으신다면…… 이 조건을 내걸기가 좀 애매해서요."

"그쪽이 내걸려는 조건이 뭔데?"

비웃음을 날리면서 말하는 로이드 펄롱.

물론 예상은 하고 있었다. 아마 오드빌보다 좀 더 많은 돈일 거라고.

하지만 노형진의 입에서 나온 대답은 상상도 못 한 말이었다.

"주지사 재선입니다."

"주지사 재선? 지금 재선이라고 했소?"

"네."

주지사 재선.

그건 절대 쉽게 입에 담을 수 있는 이야기가 아니다.

사실상 작은 나라의 대통령보다 훨씬 더 강한 힘을 가진 자리가 바로 미국의 주지사 자리가 아니던가?

"만일 거부하신다면 저희는 다른 분을 찾아가서 협상해 봐야겠지요. 가령…… 스탠리 의원 같은 분 말입니다."

스탠리는 주 의원이자 동시에 로이드 펄롱 주지사의 가장 강력한 라이벌이다.

그는 다음 주지사 선거에서 자신과 충돌하는 게 확정되었다고 봐야 한다.

"재미있군. 나한테 협박이라니."

"협박이 아니라 거래 요청입니다."

"그래서 나한테 선거 자금이라도 주시려고? 적은 돈이 아닐 텐데."

"그것보다 더 좋은 걸 드리죠."

로이드 펄롱이 무섭게 눈을 부라렸지만 노형진은 눈도 깜짝하지 않았다.

사실 진짜로 그깟 돈 몇 푼보다는 더 좋은 거라는 걸 알고 있으니까.

"코델09바이러스란 말이지."

로이드 펄롱은 소파에 기대어 한참을 생각했다. 그리고 담배를 꺼내 물고 한참 피우다 말했다.

"어디서 말할 일은 아닌 것 같은데."

"로비가 원래 아무 데서나 말할 일은 아닌 것 같습니다만."

"말귀가 빨라서 좋군. 좋소. 코델09바이러스는 존재하지. 그리고 위험하기도 하고."

예상대로였다.

하긴, 한 나라의 대통령이나 마찬가지인 주지사에게 방역 전문가 팀이 없다면 그게 더 말이 안 되는 소리다.

"하지만 그걸 인정하는 순간 공장들이 멈춰야 하고 또한 나를 지지하는 노동 계층의 지지를 포기해야 해."

"그렇다고 해서 존재를 부정하기만 할 수는 없을 텐데요?"

"여기는 미국이야. 병에 걸려서 죽는 것도 자기 선택이라는 거지. 그리고 노동 계층은 대부분 둘 중 하나야. 병에 걸려 죽거나 굶어 죽거나."

"흠, 아시려나 모르겠습니다만."

노형진이 설명하려고 하자 로이드 펄롱이 그의 말을 끊었다.

"자네가 긴급 지원 시스템을 말하려는 거라면, 이미 알고 있네. 하지만 노동 계층에는 그마저도 부담이야."

긴급 지원 시스템은 돈을 주는 게 아니다. 식료품이나 생활필수품이라는 형태로 대출이 나가는 거다.

물론 원가를 최대한 낮추고 싼 가격에 공급하는 게 목적이다. 다른 건 몰라도 굶어 죽는 것만은 막아 보기 위해서.

"하나 결국 그것도 빚이야. 한두 달이라면 모르지. 그런데 시간이 길어진다면? 그마저도 결국은 노동 계층에게는 부담이 되네. 자네 정도면 알 텐데?"

미심쩍은 얼굴로 노형진을 바라보면서 말하는 로이드 펄롱.

노형진은 그 말에 고개를 끄덕거렸다. 로이드 펄롱이 하는 말이 뭔지 아니까.

더군다나 그의 성향도 알기에, 애초에 그런 조건을 받아들이지 않을 거라는 것도 알고 있었다.

"압니다. 그래서 다른 조건을 내걸기 위해 저희가 여기까지 온 겁니다. 단순히 그 조건을 내거는 거였다면 화이트스틸을 통해 의견을 전했을 겁니다."

"그래서 제시하고 싶은 게 뭔가?"

"공장이지요."

"공장? 하, 자네 미쳤나?"

지금 로이드 펄롱이 가장 두려워하는 게 뭔가? 바로 공장의 정지다.

정확하게는 공장의 정지로 인한 지지 계층의 몰락이다.

그런 상황을 막기 위해 그는 사실을 알면서도 헛소리를 해야 하는 처지다.

그런데 공장이라니?

"뭐, 자네가 세운 공장은 코델09바이러스가 피해 가기라도 하나?"

"그건 아닙니다."

"그건 둘째 치더라도 말이야, 자네가 공장을 세운다고 한들 그걸 어디다 소비할 건데? 바이러스가 퍼질수록 소비는 극단적으로 줄어들 테고 당연히 공장도 멈출 텐데."

역시나 로이드 펄롱은 바보가 아니었다. 다 알면서도 정치적으로 계산하고 움직였던 거다.

"그러면 제가 답변을 드릴 차례군요. 아까 제가 왜 코델09바이러스의 존재를 믿느냐고 물었는지 아십니까?"

"왜?"

"정치적 발언이 현실을 이길 수는 없기 때문입니다."

"그게 무슨 소리지?"

"미국에서는 그 어느 때보다 많은 사람들이 죽을 겁니다. 약도 없고 백신도 아직은 없지요. 2차대전 때보다 더 많은 사람들이 이 미국 땅에서 죽을 겁니다."

"……."

그 말에 로이드 펄롱은 말을 못 했다.

못 믿어서가 아니다. 실제로 그 아래에 있는 방역 부서에서도 그런 보고서를 올렸으니까.

"하지만 미국은 의료가 발달했네."

"물론 그렇습니다. 하지만 그 대신에 더럽게 비싸죠. 중국은 최소한 의료비가 그렇게 비싸지는 않습니다."

기술이 아무리 좋으면 뭐 하나? 너무 비싸서 아무나 병원에 가지를 못하는데.

"코델09를 치료하는 데 돈이 얼마나 들까요? 제가 보기에는 2억 이상 될 것 같은데요."

안 그래도 의료 시설은 비싸다. 거기다가 격리실이 필요하고 전담 간호사가 붙어야 하며 산소호흡기가 필요하다.

사실 코델09바이러스는 치료라는 개념보다는 몸의 저항력을 최대한 올려서 살아남게 한다는 개념이 더 걸맞을 거다. 애초에 약이라는 게 없으니까.

"저는 이렇게 생각합니다. 사람들이 '코델09라는 건 없다. 정부의 음모다.'라고 하는 건, 진짜 그렇게 믿는다기보다는 그렇기를 간절히 바라는 거라고요."

혹시나 걸리면 환자는 둘 중 하나를 선택해야 한다.

재산을 다 꼬라박아서 치료하고 살아남아서 파산하거나, 그냥 가족을 위해 재산을 남기고 죽거나.

"으음……."

부정할 수 없는 사실에 로이드 펄롱은 입을 다물었다.

기술이 아무리 좋으면 뭐 하나? 일반 대중이 받을 수 있는 의료 지원은 중국이나 미국이나 도긴개긴이다.

아니, 어떤 면에서는 중국이 더 나을 수도 있다.

"그리고 그 때문에 미국의 병원은 부족합니다. 많이 부족하지요. 소수의 환자에게서 큰 금액을 받아 내는 형태니까요."

대부분의 사람들은 어지간하면 병원에 가지 않으려고 하니 당연히 병원의 숫자가 적을 수밖에 없다.

"그러면 어떤 사태가 벌어질지 아실 텐데요?"

"의료…… 붕괴가 오겠지."

말하지 않을 뿐이지 사실 내부에서는 어느 정도 알고 있는 사실이다.

다만 그걸 차마 입에서 내뱉지는 못하는 상황일 뿐.

"그래서, 그게 내 재선과 무슨 관계지?"

하지만 로이드 펄롱에게 그것보다 더 중요한 건 바로 자신의 재선이었다.

"죽음이 넘치면 뭐가 필요할까요?"

"모르겠군."

"관, 그리고 장례용품, 망자가 입을 턱시도와 드레스, 그리고 그 시신을 소각할 소각로."

"……."

"장례는 엄숙한 절차죠. 하지만 장례식은 산업화된 지 오래입니다."

슬프게도 그게 진실이다.

당연하게도 그런 장례용품은 평소의 기준에 맞춰서 생산된다. 그리고 대부분의 업체들은 그다지 크지 않은 규모를 가지고 있다.

"평소의 백 배가 넘는 사망자가 나오는 와중에 그걸 어디서 구할까요?"

구할 방법이 없다.

그렇다고 중국처럼 시신을 그냥 대충 쌓아 놨다가 화로 하나에 두세 구씩 집어넣을 수도 없다. 그건 망자에 대한 모독이다.

"그렇다고 해서 재활용할 수는 없습니다."

감염성 질병으로 사망한 사람의 시신이 들어 있던 관이다. 그걸 재활용하면 법적으로 처벌받는다.

옷도 마찬가지.

한국에서 망자에게 수의를 입히듯, 미국에서는 망자에게 턱시도와 드레스를 입혀서 보낸다.

문제는, 공장이 멈추면 그걸 구할 곳이 없어진다는 거다.

사람들이 외출을 못 하게 되면 옷을 사지도 않을 테니, 당연히 가장 먼저 멈추는 곳 중 하나가 바로 옷을 만드는 의류 공장일 것이다.

　실제로 지금 이 순간도 중국의 의류 공장들은 옷이 아니라 시체 가방을 만드는 데 동원되고 있다.

　"그리고 기존 그런 물품 공장은 한계가 명확합니다."

　대부분 그런 물품을 생산하는 공장은 그 규모가 작다.

　설사 어느 정도 규모가 있다고 해도 백 배 이상 늘어나 버린 사망자를 커버할 만큼 투자해서 공장을 늘릴 수가 없다.

　"하지만 저는 가능하죠."

　정확하게는, 마이스터와 미다스가 가능한 일이다.

　하지만 결과적으로 말하면 그마저도 부족할 게 뻔하다.

　'나중에는 장례식이고 뭐고 진짜 자루에 담아서 장례를 치렀지.'

　원해서 그런 게 아니다. 장례는 치러야 하는데 관을 구할 방법이 없어서 그런 거다.

　"그리고 저한테는 이런 게 있지요."

　"무슨……?"

　"컨테이너를 개조한 이동형 격리 시설 특허입니다."

　노형진은 특허증을 내밀며 말했다.

　"이탈리아에서는 이미 사용하고 있고, 효과를 제대로 보고 있습니다."

"그런……."

"컨테이너뿐만이 아니죠. 이 싸움에서 필요한 건 산소 공장입니다."

그리고 산소 공장은 미친 듯이 가동시켜도 결국 부족을 이겨 내지 못한다.

"이걸 여기서 생산한다면 어떻습니까?"

"이건……."

확실한 일자리다. 그것도 상당히 노동집약적인 일자리.

그리고 이 일자리는 병이 퍼져도 움직여야 한다.

아니, 병이 퍼질수록 더더욱 필요해지는 곳이다.

"만일 저희를 도와주신다면, 저희는 이 공장의 설립을 주지사님과의 협상의 결과로 발표할 겁니다."

어차피 필요한 물건이다. 이런 물건은 해외에서 만들어서 가지고 올 수는 없으니까.

결국 미국 내에서 만들어서 전국으로 뿌려야 한다.

"만일 거부한다면?"

"아까도 말씀드렸다시피 스탠리 의원님과 이야기해야겠지요."

그 말에 로이드 펄롱은 눈을 찡그렸다.

그도 안다.

코델09는 막을 수가 없다. 자신이 아무리 입으로 없다고 떠들어 봐야, 결국 나중에 가서는 인정할 수밖에 없다.

하지만 그 와중에 라이벌인 스탠리가 이런 일감을 물고 온다면 노동 계층의 지지는 순식간에 그쪽으로 쏠릴 것이다.

"물론 주지사님께서 그런 선택을 해도 저희에게는 손해가 없습니다. 스탠리 의원님도 그 정도 힘은 있는 분이니까요."

직접 사건을 덮으라고 지시할 수 있는 힘은 없을지언정 주지사가 사건을 덮기 위해 수작질을 부리고 있다고 공개할 정도의 힘은 가진 게 바로 스탠리 의원이다.

그런 경우 스탠리 의원과 민주당은 로이드 펄롱과 공화당을 죽이려고 달려들 게 뻔하다. 그러면?

'젠장.'

공화당에서 미쳤다고 다음 선거에서 자신을 공천해 주겠는가?

운이 좋아야 개털이고, 운이 나쁘면 퇴임 직후에 영혼까지 털려서 교도소에 가게 될 가능성이 크다.

그의 꿈은 화이트하우스의 주인이 되는 거지 어느 교도소의 죄수가 되는 게 아니다.

하지만 그렇다고 해서 문제가 없는 건 아니었다.

그는 코델09바이러스가 가짜라고 주장하고 있었다. 시간이 지나서 그에 대한 진실이 드러나면 그도 정치적으로 곤란해질 수 있다.

그런데 노형진이 미소를 지으면서 그에 대한 떡밥을 하나 더 던졌다.

"회사의 방역은 우리가 하지요."

"무슨 말인가?"

"정치인이 기업에 터치하는 건 자본주의 규칙에 맞지 않지요."

"그래서?"

"마스크 착용과 소독을 회사에서 강제하겠다는 겁니다."

"뭐?"

"노동자들이 두려워하는 건 실직입니다."

그리고 지금 세울 공장들은 질병 기간이라고 해도 그 실직에서 자유롭다. 당연하게도 그곳을 그만둘 수는 없다.

"주지사님이 마스크를 쓰라고 하면 아마 정치적으로 욕 좀 먹겠지요. 하지만 회사에서 쓰라고 하면, 누구도 주지사님을 욕하지는 않을 겁니다."

마스크를 강제한 건 주지사가 아니라 기업이니까.

"거기까지 생각한 건가?"

"네."

"자네는 차라리 정치가 더 어울리겠군."

슬며시 주지사가 빠져나갈 구멍까지 만들어 주는 노형진이었다.

"거절할 수가 없군."

그는 결국 받아들이겠다는 듯 의자 깊숙하게 기대며 말했다.

"그래서, 봐 둔 부지는 있나?"

이것이 법이다

돌아오는 길.

하이드 맥핀은 한참을 말을 못 했다. 설마 이런 식으로 협상할 거라고는 생각도 못 했으니까.

"죽음을 대비하는 공장이라……. 저는 솔직히 상상도 못 했습니다."

"사람들은 죽음을 터부시하지요. 그렇기에 이런 이야기를 하는 게 쉽지는 않습니다. 하지만 그렇다고 해서 현실이 사라지는 건 아니지요."

"하아~."

하이드 맥핀은 그 말에 긴 한숨을 내쉬었다.

노형진의 말이 잔인해서가 아니다. 그의 말이 맞기 때문이다.

그는 그 말을 들으며 얼마나 많은 사람이 죽을지를 예감했다.

"그런데 굳이 여기여야 하나요?"

"사실 여기가 제일 적당합니다."

미국이라고 해서 모든 땅에 고르게 사람이 사는 건 아니다. 동부에 사람이 몰려 있고 서부는 의외로 한산하다.

"당연히 동부 쪽에서 확진자와 사망자가 미친 듯이 나올 겁니다. 그리고 여기는 동부의 주요 도시들로 움직이기 쉽지요. 결정적으로 항구도 있으니까요."

관을 만드는 나무 역시 결국은 수입해야 하는 물건이다.

"설사 주지사 문제가 아니었다고 하더라도 이 지역이 공장을 만드는 1순위 예정지였습니다."

"그걸 속이신 거군요."

"속였다기보다는 말을 하지 않은 거죠. 그래서 제가 이 와중에 굳이 미국까지 온 겁니다."

말로 전달해서 처리할 만한 부분도 있지만 직접 와서 해결해야 하는 부분도 있으니까.

"그나저나 저렇게 극단적으로 말하는 사람을 굳이 도와줘야 합니까?"

솔직히 하이드 맥핀은 로이드 펄롱이 마음에 들지 않았다.

상황에 따라 자기 마음대로 말을 바꾸는 전형적인 정치인의 모습을 보여 줬으니까.

"마음에 안 드시나 보군요."

"네, 솔직히 마음에 안 듭니다."

"저도 마음에는 안 듭니다. 하지만 그가 미운 것과 별개로 사람은 살려야지요. 그냥 두면 여기서 얼마나 많은 사람들이 죽어 갈까요?"

"그거야…….."

솔직히 노형진은 음모론자들끼리 말을 만들고 믿고 하는 것을 굳이 막거나 뭔가 가르치려고 할 생각은 없었다.

"죽으려면 혼자 죽으면 되는 겁니다. 하지만 이 경우는 혼자 죽는 게 아니니까 문제인 거죠."

그의 가족, 친구들, 그리고 친구들의 가족까지.

전염병이라는 건 그런 거다.

자신이 원하지 않아도 주변의 누군가를 죽이게 될 가능성이 아주 높다.

더군다나 로이드 펄롱은 정치인, 그것도 주지사다.

개인이 음모론을 신봉하는 거라면 그저 주변만 죽이고 끝이겠지만 주지사가 음모론을 신봉한다면 방역을 막아 버려서 수백만 명이 죽어 나갈 거다.

"그러니 그들을 구하기 위해 이러는 겁니다. 방역을 철저히 하면 자기들도 배우는 게 있겠지요."

"하지만 분명히 저항하는 사람들이 있을 겁니다. 이 상황에서도 마스크 착용이 개인의 자유의 침해라고 주장하는 놈들이 있습니다."

하이드 맥퀸의 말에 노형진은 단호하게 말했다.

"전에도 말했다시피 그러면 해고하세요. 그의 자유 때문에 다른 직원을 잃을 수는 없습니다."

"소송할지도 모릅니다."

"그래서 그놈들이 이길까요?"

그들이 마스크 착용 강제가 불법이며 코델09바이러스가 없다고 주장하는 건 그들의 머릿속에서 나온 뇌피셜이다.

소송하면 판사들은 사실에 근거해서 판단을 내릴 수밖에 없다.

"방역은 필수 사항입니다. 그걸 못 지키겠다면 우리가 데리고 있을 이유가 없고 판사들도 편들어 줄 이유가 없지요."

"음, 그렇기는 한데…… 복잡하군요."

머릿속이 복잡한 듯한 하이드 맥핀.

노형진은 그런 그를 보다가 자신이 들은 어떤 말을 꺼냈다.

"어떤 사회학자가 이런 말을 했습니다."

"뭐라고 했는데요?"

"인간은 모두 평등하지만 모두 같지는 않다."

"무슨 말입니까, 그게?"

"개개인이 고귀하고 천부인권을 타고나는 건 사실이지만, 결코 모든 사람이 같은 능력을 타고나는 건 아니라는 겁니다."

누군가는 IQ가 180이 넘고 누군가는 80을 간신히 넘는다.

그 차이는 실로 어마어마하다.

"타고난 걸 학습으로 메꾸는 데에는 한계가 있지요. 음모론자들도 마찬가지입니다. 그걸 믿는 걸 뭐라고 하지는 않습니다. 하지만 주변을 위협하는 사람들을, 저는 두고 볼 수 없습니다."

그 말에 하이드 맥핀은 쓰게 웃었다.

"복잡한 일이네요."

"일단은 더 복잡한 일이 남았습니다."

"어떤 겁니까? 이제 감찰만 남은 것 같은데."

"그래서 판검사를 설득해야 합니다."

노형진의 말에 하이드 맥핀은 어리둥절한 표정이 될 수밖에 없었다.

⚖️

유즈 잭맨 검사는 부패한 검사 중 한 명이며 리처드 홍 사건을 담당하는 검사였다.

물론 티가 나게 부패했다기보다는 검사의 정당한 권리인 사법 거래를 이용해 돈을 챙기는 정도였지만, 그것만으로도 다른 검사들은 꿈도 못 꿀 돈을 쥐고 편하게 살 수 있었다.

"이게 무슨……."

그런 유즈 잭맨 검사는 자신을 찾아온 노형진이 내놓은 녹음을 들으면서 멘탈이 나가는 느낌이었다.

─그런 일이 있었나요? 흠…… 저는 전혀 모르고 있었습니다. 심각한 문제군요. 법의 준엄함을 비틀려고 하는 놈이 있다니. 알겠습니다. 그 문제는 제가 엄중하게 감사를 진행하도록 하겠습니다.

비록 자주 듣는 목소리는 아니지만 그 목소리의 주인공이 누군지 안다.

로이드 펄롱, 주지사의 목소리다.

"오드빌에서 뭐라고 하던가요? 자신들이 확실하게 막아 주겠다고 하던가요?"

"……."

유즈 잭맨은 아무 말도 할 수 없었다.

실제로 그랬고, 심지어 얼마 전에는 전화로 걱정하지 말고 일을 진행하라고 했으니까.

"그런데 어쩌죠? 주지사님의 생각은 다르신데."

물론 주지사가 양쪽 다 대충 대꾸할 수도 있기는 하다.

하지만 녹음 파일이 있다는 건 전혀 다른 문제다.

오드빌은 녹음 파일 없이 그냥 전달만 해 준 반면, 노형진은 녹음 파일까지 들이밀었다.

그리고 녹음 내용을 보니 주지사 몰래 한 것도 아니다.

주지사 또한 녹음하고 있다는 것을 명백히 알고 있었다.

그 말은, 주지사가 나중에라도 법적인 책임을 질 가능성에 대해 인식하고 있었다는 소리다.

그리고 그 말은 둘 중 하나다.

주지사가 마음을 바꿨거나 오드빌에서 자신을 속였거나.

'이런 개 같은 상황이…….'

물론 가능성은 주지사가 마음을 바꿨을 쪽이 더 높다.

오드빌은 전문 로비스트 기업이다. 그런 기업이 적을 만드는 걸 선호하지는 않으니까.

하지만 중요한 건 그게 아니다.

일단 녹음 파일까지 남긴 이상 주지사의 마음이 어느 쪽으로 결정되었는지는 어렵지 않게 추측할 수 있다.

"뭘…… 원하시는 겁니까?"

"뭘 원하느냐고요?"

"그건……. 아닙니다. 사법 거래는 포기하겠습니다."

그도 바보는 아니다.

당연히 노형진과 드림 로펌에서 리처드 홍의 사법 거래를 막기 위해 움직였다는 걸 알고 있다.

"그러면 곤란한데요."

"네?"

"사법 거래를 포기하시면 저희가 곤란하다는 말입니다."

"그게 무슨 말입니까?"

"사법 거래를 해 주셨으면 합니다만."

"잠깐…… 잠깐. 지금 그걸 막겠다고 이 난리 피운 거 아닙니까? 주지사에게까지 찾아가서 이야기했으면서 사법 거래를 해 달라고요?"

"네."

노형진은 당당하게 말했다.

애초에 그는 사법 거래를 막을 생각이 없었다.

"애초에 저는 한국 사람이고 한국 변호사입니다. 한국인이고요. 그런 제가 미국의 사법 시스템에 대해 왈가왈부하는 건 명백한 위법입니다."

"그건……."

확실히 그렇다. 하지만 그렇다고 해서 사법 거래를 그냥 방치하기 위해서 이 난리를 쳤을 리도 없다.

그리고 노형진이 원하는 건 실제로도 따로 있었다.

"다만 제 의뢰인을 보호하는 변호사로서, 그리고 드림 로펌의 최대 주주로서 한 가지 부탁을 드리고자 합니다."

"부탁?"

"사법 거래의 조건에 수익의 반환을 넣어 주시기를 바랍니다."

"수익의 반환이라고요?"

"네. 원금 2천억 원과 수익 1천억 원, 총 3천억 원 전부를 말입니다."

"하지만 그건……."

말이 안 된다.

지금 리처드 홍이 사법 거래를 하려는 이유가 무엇이겠는가? 잠깐 감옥에 갔다 온 뒤 아주 편하게 살겠다고 이 난리를 피운 게 아닌가?

이미 돈은 어디로 빼돌렸는지 알 수가 없는 상황이고, 검찰에서는 그걸 조사할 생각이 없었다.

사법 거래를 통해 형량만 받으면 되는 거고, 다른 나라의 계좌에 넣어 둔 돈을 꺼내는 것은 미 정부 입장에서도 힘든 일임은 분명하니까.

"무리일 것 같습니다. 미안합니다. 돈의 위치도 모르고……."

"어디 있는지 압니다."

"뭐요?"

노형진은 유즈 잭맨에게 미리 찍어 둔 사진을 건넸다.

리처드 홍이 다급하게 홍콩 시크릿뱅크로 들어가는 모습

이었다.

"참고로, 공식적으로 리처드 홍은 홍콩 시크릿뱅크와 거래한 기록이 없습니다. 공식적으로는요. 물론 법원을 통해 거래 내역을 달라고 하면 이야기가 좀 달라지겠지만요."

"설마……."

생각해 보면 리처드가 거래도 없는 홍콩 시크릿뱅크에 갈 이유가 없다.

그 말은, 이곳이 자산을 은닉한 곳이라는 거다.

그리고 검사인 유즈 잭맨도 홍콩 시크릿뱅크가 자산 은닉용 외국계 은행이라는 것을 알고 있었다.

"어떻습니까? 이 정도면 은행은 특정된 것 같은데."

"끄응……."

"아, 그리고 말입니다, 이게 터지면 여러모로 곤란해진다는 건 아실 테고."

"그래서 그 조건이 그겁니까? 사법 거래?"

"네."

돈을 돌려준다면 사법 거래? 못 할 것도 없다.

"하지만 리처드 홍이 받아들일까요? 아시겠지만 그렇게 되면 리처드 홍은 이득 없이 감옥에 가게 될 겁니다. 저라면 차라리 오래 살고 나와서 3천억을 쓸 것 같습니다만."

"그건 그렇지요. 그러니까 말입니다……."

"너는 나와도 돈 못 써."

"네? 나닛?"

"나닛이라니? 너 한국인 아니었냐? 일본인이야?"

"미안합니다, 일본으로 이주할 생각으로 일본어를 배우고 있던 터라. 그런데 무슨 말입니까? 돈을 못 쓴다니?"

"너 홍콩 시크릿뱅크에 돈 넣어 놨지?"

그 말을 들은 리처드 홍은 심장이 덜컥 내려앉았다.

그건 절대 비밀이었다. 심지어 자신의 변호사나 오드빌조차도 모르는 비밀.

그런데 그런 비밀이 검사의 입에서 나오다니?

"아, 아닙니다. 저는……."

"거짓말하지 마. 내가 아니라 드림에서 이미 알고 있었어, 너 홍콩 시크릿에 돈 넣어 둔 거."

"그런……."

그 순간 그의 머릿속에 얼마 전 있었던 갑작스러운 접속 사고가 떠올랐다.

다급하게 은행의 미국 지점으로 가서 상황을 확인하고 비밀 번호를 바꿔 놓았지만, 그게 만일 드림 로펌의 소행이었다면?

"이미 관련 증거도 다 알고 있어."

"그, 그래서 뭐요? 돈이라도 돌려 달랍니까?"

"그래. 돈 돌려주면 너 사법 거래하는 거 묵인한다더라."

"무슨 말도 안 되는 소리입니까? 이야기가 다르잖아요!"

"이야기가 달라지기는 했지. 그런데 넌 이미 걸린 상황이야. 무슨 소리인지 모르겠어?"

"네?"

"홍콩은 중국 땅이야. 그리고 중국은 쉽게 돈을 주는 나라가 아니고. 미국의 판결문 같은 거, 전혀 신경 안 쓴다고."

"그 말은……?"

"애초에 판결해도 최소한 돈의 주인이 너는 아닐 거 아냐?"

결국 그 돈의 주인에 대한 재판은 중국에서 다시 해야 한다.

그게 노형진의 생각이었고, 노형진은 그 부분을 검사에게 차분하게 설명했다.

"그리고 너는 처벌받고 나면 추방 대상이야. 너, 중국 갈수 있어?"

"그거야…… 계좌 이체로……."

"야, 이 미친놈아. 미국 법원 판결이 있잖아."

"하지만 그건 인정하지 않는다면서요?"

"피해자들에게 돈을 돌려주지 않는다는 거지, 너한테 돈을 준다는 소리가 아니야."

그건 전혀 다르다. 그가 감옥에 가 있는 동안 피해자들이 놀고만 있지는 않을 테니까.

돈을 돌려 달라고 민사소송을 걸 테고, 결론은 쉽게 나올 거다. 당연히 홍콩 시크릿뱅크에서는 그 미국 법원 판결을 기준으로 지급을 정지할 테고, 인터넷뱅킹 같은 건 바로 막혀 버릴 거다.

"그 후에 지급 재판은 미국이 아니라 중국에서 해야 해, 이 미친놈아."

생각지도 못한 검사의 말에 리처드 홍의 눈동자가 흔들렸다. 이건 진짜 생각도 못 한 일이니까.

"문제는, 중국 놈들이 상황을 알면 돈을 안 줄 거라는 거야."

명백하게 피해 자금이라는 건 알지만 정작 그 당사자가 중국에 들어오지 못한다.

설사 변호사를 선임해서 재판해도, 결국 재판을 뒤집어 버리는 방법은 많다.

가령 일단 범죄 수익이라고 몽땅 몰수한 후에 수익의 반환은 리처드 홍 개인에게 모조리 뒤집어씌운다든가 하는 식으로 말이다.

"그게 가능합니까!"

"가능하겠지. 안 되겠냐?"

"아……."

그제야 리처드 홍은 정신이 번쩍 들었다.

그가 이번에 공매도에 성공한 이유가 뭔가? 다른 사람들과 다르게 중국을 믿지 않았기 때문 아닌가? 마찬가지로 이 일에서도 역시 중국을 믿지 못하는 건 당연하다.

"아마도 말이지, 내가 봐서는 너 그 돈 못 쓸 것 같다."

"모, 못 쓴다고요?"

"그래. 이번 건은 위에서 말이 나왔어. 이번 사법 거래 조건으로 원금과 수익금의 반환을 내걸더군."

"누가요!"

"주지사."

"주……지사라고요? 하지만 오드빌에서는……."

오드빌에서는 이미 이야기가 다 끝났다고 했고, 리처드 홍은 그 말을 철석같이 믿고 있었다.

"그쪽은 이미 글렀어. 저쪽은 주지사 녹음 파일까지 가지고 왔는데, 뭐 증명서나 녹음 파일 있냐?"

당연히 그런 거 없다.

어떤 미친놈이 로비를 하면서 그런 걸 요구한단 말인가?

당연히 그런 거 없이 그냥 이야기 끝났다는 말만 했다.

"그러면 저는 어떻게……."

"저쪽에서 내민 사법 거래를 받아들이고 형량을 줄이든가, 아니면 내가 최대 형량으로 내미는 걸 싸우든가."

그 말에 리처드는 정신이 아득했다.

이건 말도 안 되는 일이었다.

자신이 그렇게 갑자기 마음을 바꾼 이유가 뭔가? 어떻게 해서든 돈을 챙기기 위해서가 아니던가?

하지만 지금 검사의 말대로라면?

"저보고 땡전 한 푼 못 벌고 감옥에 가라고요?"

"방법이 없다."

이미 돈을 못 주겠다고 버틴 상황이라 당연히 죄는 성립되었다. 다만 사법 거래를 통해 형량을 줄일 수 있을 뿐.

"안 됩니다! 절대로!"

"그러든가. 그러면 한 40년쯤 있다가 나와도, 돈도 없을 테지만."

사법 거래에는 분명 상대방의 회유가 들어간다.

그동안은 리처드 홍이 검사와 판사를 회유하는 상황이었지만 이제는 상황이 바뀌었다. 리처드 홍을 검사가 회유하는 상황이 되어 버렸다.

"3천억의 사기라면 40년은 나올 테고, 그 후에 남은 돈이 있을 것 같지는 않은데? 그리고 너 나이가 그때 몇이지? 칠십?"

정확하게는 그때 나이가 73세다.

"가족도 없고 돈도 없고 자식도 없는 세상에서 어떻게 살려고 그래?"

비루하게 늙은 몸뚱이밖에 남은 게 없으니 당연히 비참하기 그지없으리라.

"더군다나 40년 후에 세상이 어찌 바뀔지 알아? 생각보다 세상에 적응하기 힘들어하는 사람들 많아."

한국만 해도 40년 전에는 인터넷도 없고 모든 것은 오프라인이었다.

심지어 신용카드도 지금처럼 긁는 게 아니라 전표라고 해서 종이에다가 긁어서 신청하는 시대였다.

"도와줄 사람이 아무도 없는 세상에서 어떻게 버티려고? 그리고 말이다, 너 그때 한국으로 추방될 건데? 과연 한국에서 지원을 해 줄까?"

"헉!"

물론 한국에 빈민에 대한 지원 시스템이 있기는 하다.

하지만 무려 40년, 아니 원래 미국에서 학교를 다니고 일했던 기간까지 생각하면 50년을 타국에서 살았던 사람이 갑자기 한국에 들어와서 '나 망했으니 좀 도와주세요.'라고 하는 걸 순순히 믿어 줄까?

"너, 긁어 죽지 싶은데⋯⋯."

"아⋯⋯."

"그나마 받아들이고 돈 돌려주면 원래대로 3년으로 협상하도록 하지."

일단 피해자들에게 돈을 주고 피해가 복구되면 상당한 감형 사유가 되기는 한다.

다만 죄는 이미 성립된 후라는 게 문제지만.

"물론 거절하면⋯⋯ 같이 죽어야겠지. 돈도 중국에서 가져갈 테고, 너는 40년을 감옥에서 살 테고."

물론 피해자들도 금전적 피해를 입겠지만 과연 리처드 홍의 40년이라는 시간과 같을까?

"드…… 드리겠습니다."

리처드 홍은 결국 검사가 보는 앞에서 모든 돈을 드림 로펌의 계좌로 이체했다.

드림 로펌이 받은 이유는, 드림 로펌이 아닌 다른 곳에 의뢰한 피해자들도 많기 때문이다.

드림 로펌에 의뢰한 건 한인 타운 피해자들이고 다른 피해자들은 여전히 소송 중이었다. 당연히 드림 로펌에서 피해 금액을 확인해서 그들에게 지급하게 될 거다.

"이제…… 끝인 겁니까?"

자신이 망했다는 사실에 리처드 홍은 고개를 푹 숙였다.

돈은 땡전 한 푼도 못 건지고 교도소만 가게 되다니. 그로서는 황당할 수밖에 없다.

하지만 애석하게도 그에게는 끝이 아니었다.

"끝은 아니죠. 제로가 아니라 마이너스니까."

"뭐, 뭐라고요!"

"당신이 쓴 돈이 있잖아요."

빼돌린 건 3천억이지만 그동안 로비하려고 쓴 돈 그리고 야금야금 써 버린 돈 등 빈 부분이 분명 있었다.

그게 아니라고 해도, 소송에 들어가는 순간부터 붙어 버리는 이자가 있으니까.

"마이너스부터 시작해야지요."

"그런⋯⋯."

털썩하고 자리에 주저앉아 버리는 리처드 홍.

노형진은 그런 그의 어깨를 두들기면서 웃으며 말했다.

"그러고 보니까 당신을 만나고 싶어 하는 사람이 있던데."

"누가⋯⋯ 히이익! 하, 한센 씨!"

유시드 한센. 오드빌의 대표이자, 이제는 리처드의 채권자인 사람.

"당신, 오드빌에 수임료를 아직 안 줬다면서?"

"하지만 로비가 실패했는데⋯⋯!"

"로비는 원래 그런 거야. 수임료는 성공이나 실패 여부와 상관없이 주는 거고."

탁탁, 리처드의 어깨를 두들겨 준 노형진은 자리를 피했다.

"두 분이서 이야기 나누세요. 전 이만."

"이 개새끼! 내 돈 내놔!"

한 덩치 하는 유시드 한센이 리처드 홍의 멱살을 잡아 올리는 걸 보면서 노형진은 그곳에서 나왔다.

"리처드는 이제 고생 좀 하겠네요."

"자초한 거죠, 뭐."

"그나저나 진짜로 그걸 받아 내실 수 있을 거라고는 생각도 못 했습니다. 저는 사법 거래만 깨고 제대로 감옥에만 보내도 다행이라 생각했는데 말이지요."

"뭐, 대부분 방법이 있습니다. 다만 그걸 못 볼 뿐이지."

드림 로펌은 이번 일로 제법 많은 고객을 새로 확보할 수 있었다. 다른 곳들은 하나같이 돈을 찾지 못할 거라고 이야기했으니까.

돈을 찾아내고 되찾는 데 성공한 건 오로지 드림 로펌뿐이었다.

"그러면 이제 한국으로 돌아가실 겁니까?"

"네? 아닙니다. 아직 일이 안 끝났습니다. 이번에 다시 들어가면 아마 당분간은 미국으로 못 올 것 같아서 끝내고 들어가려고 합니다."

"네? 어떤 일요?"

"사람을 구하는 일요."

"노 변호사님 일은 대부분 그런 것 같은데요?"

"뭐. 그렇기는 한데……. 이번에는 무게가 좀 다르네요."

노형진은 긴 한숨을 쉬고는 하늘을 올려다보았다.

"몇백만 명의 목숨이 달려 있으니 말입니다."

다음 권으로 이어집니다

One for all
원포올

일라잇 스포츠 장편소설

작렬하는 슛, 대지를 가르는 패스
한계를 모르는 도전이 시작된다!

축구 선수의 꿈을 품은 이강연
냉혹한 현실에 부딪혀 방황하던 중
운명과도 같은 소리가 귓가에 들어오는데……

당신의 재능을 발굴하겠습니다!
세계로 뻗어 나갈 최고의 축구 선수를 키우는
'One For All' 프로젝트에, 지금 바로 참가하세요!

단 한 번의 기회를 잡기 위해
피지컬 만렙, 넘치는 재능을 가진 경쟁자들과
최고의 자리를 두고 한판 승부를 벌인다!

실력만이 모든 것을 증명하는
거친 그라운드에서 당당히 살아남아라!

기갑천마

거짓이슬 퓨전 판타지 장편소설

종말을 막지 못한 절대자
복수의 기회를 얻다!

무림을 침략한 마수와의 운명을 건 쟁투
그 마지막 싸움에서 눈감은 무림의 천하제일인, 천휘
종말을 앞둔 중원이 아닌 새로운 세상에서 눈을 뜨는데……

"천휘든 단테든, 본좌는 본좌이니라."

이제는 백월신교의 마지막 교주가 아닌 평민 훈련병, 단테
그럼에도 오로지 마수의 숨통을 끊기 위해
절대자의 일 보를 다시금 내딛다!

에이스 기갑 파일럿 단테
마도 공학의 결정체, 나이트 프레임에 올라
마수들을 처단하고 세상을 구원하라!